KB210271

톰 소여의
여행지도

1850 년

톰 소여의 아프리카 모험

마크 트웨인 지음 / 최인자 옮김

문학세계사

TOM SAWYER ABROAD

Mark Twain

『톰 소여의 모험』 줄거리

　톰 소여는 개구쟁이 소년이다. 부모님이 안 계셔서 폴리 이모와 동생인 모범생 시드와 함께 살고 있지만, 톰 소여는 누구보다도 밝은 성격에 모험심과 정의감이 강하다.

　말썽꾸러기 톰은 학교 수업을 빼먹고 수영을 하러 가거나 친구들과 어마어마한 일들을 벌여 마을 사람들을 깜짝 놀라게 한다.

　톰이 어느날 귀엽고 상냥한 소녀 베키에게 첫눈에 반해 버린다. 톰은 간신히 베키를 설득하여 사랑을 맹세하는데 성공하지만 톰과 사랑을 맹세한 소녀가 또 있다는 사실을 안 베키는 토라져 버린다. 베키와의 다툼과 폴리 이모의 꾸지람 그리고 지루한 학교생활에 낙심한 톰은 마을의 부랑아로 알려진 허크와 역시 장난꾸러기인 조 하퍼와 함께 가출하여 무인도로 가서 해적이 되기로 결심한다. 마을 사람들은 그들이 익사한 것으로 생각하고 베키와 폴리 이모를 포함한 모든 사람들이 슬픔에 잠긴다. 마침내 교회에서 그들의 장례식을 하는 날 톰과 두 소년이 교회에 나타난다. 그들은 해적 모험담으로 친구들 사이에서 영웅으로 떠받들어진다.

어느 날 톰과 허크는 우연히 마을에서 가장 위험한 인물인 인디언 조가 사람을 죽이는 장면을 목격한다. 인디언 조를 무서워하는 톰과 허크는 그 사실을 누구에게도 말하지 않기로 맹세하지만 살인 누명을 쓴 사람에 대하여 양심의 가책을 느끼고 그 사실을 폭로한다. 그러나 인디언 조는 체포를 피해 달아나고 그 후로 톰과 허크는 인디언 조에게 복수를 당할 거라는 두려움 속에 생활한다.

학교에서 동굴로 소풍을 가던 날 톰과 베키는 동굴 속에서 친구들과 멀어져 길을 잃는다. 길을 찾아 헤매던 톰은 동굴 안에서 인디언 조가 무슨 일을 꾸미고 있는 것을 엿보게 된다. 인디언 조를 피해 톰은 간신히 동굴 밖으로 나가는 길을 찾고 그 일로 인해 톰은 다시 한 번 마을의 영웅이 된다.

톰과 베키를 찾은 마을 사람들은 다시 그런 일이 일어나지 않도록 동굴 입구를 막아버린다. 인디언 조를 동굴에 가두어 버린 것이다. 결국 인디언 조가 동굴 안에서 굶어 죽었다는 사실이 밝혀지고 톰은 허크와 함께 조가 동굴 속에 숨겨두었던 보물을 찾아 마을에서 가장 큰 부자가 된다.

『허클베리 핀의 모험』 줄거리

인디언 조가 동굴에 숨겨 둔 보물을 톰 소여와 함께 찾아내어 벼락부자가 된 허크. 학교에도 다니지 않고 집도 없이 숲속에서 생활해 온 허크를 미망인 더글라스 부인이 보호하겠다고 나선다. 자유롭게 살아온 허크에게는 '정상적인 생활'이 불편하기 짝이 없다.

더글라스 부인댁에서 그럭저럭 살아가던 허크 앞에 어느날 행방불명되었던 주정뱅이 아버지가 나타난다. 술만 취했다 하면 허크에게 매질하기 일쑤이다. 아버지는 허크의 재산을 차지하기 위해 온 동네를 시끄럽게 한다. 일이 뜻대로 안 되자 허크를 미시시피강 상류에 있는 외진 섬의 통나무집에 가두어 버린다.

그곳에서 허크는 더글라스 부인 여동생의 노예로 있다가 도망친 검둥이 짐을 만난다. 서로 뜻이 맞은 둘은 뗏목을 타고 섬에서 도망친다. 강을 따라 내려가던 도중에 두 사람은 여러 사건에 휘말리게 된다. 운 나쁘게 사기꾼 〈왕〉과 〈공작〉 일당을 만나 이용당하던 허크는 가까스로 도망쳐 뗏목으로 돌아간다. 그러나 흑인 짐이 보이지 않는다. 사기꾼 〈왕〉이 펠프스 집안에 팔아 버린 것이다. 그 펠프스 집안이라고 하는 것이 알고 보니 톰 소여의 작은이모 집이었다.

공교롭게도 그날 톰이 샐리 이모의 집을 방문하게 되어 있어서 허크를 보고 이모는 톰으로 착각한다. 허크는 선수를 쳐 톰을 만나 말을 맞추었다. 톰은 동생 시드인 척하기로 했다.

　허크는 톰과 짜고 본격적으로 헛간에 갇혀 있던 짐을 구출하는 작전을 벌인다. 계획에 차질이 생겨 짐을 데리고 도망치던 도중 톰은 다리에 총을 맞는다. 부상에도 불구하고 톰은 뗏목을 타고 도망치자고 했으나 짐이 치료부터 해야 한다며 반대했다. 허크는 늙은 의사를 찾아 카누에 태워 뗏목으로 보낸다. 그러나 허크는 톰의 이모부에게 붙들려 집으로 가게 된다. 결국 톰을 간호하던 짐도 붙들려 교수형에 처해질 운명에 처하고 만다.

　톰은 신나는 모험을 하기 위해 허크와 짐에게 더글라스 부인의 여동생의 유언에 따라 이미 짐이 자유의 몸이 되었다는 걸 알려주지 않았다. 이 사실은 톰의 큰이모인 폴리 이모가 찾아오면서 밝혀져 짐은 풀려나게 된다. 허크의 아버지도 이미 죽고 없어서 허크도 자유의 몸이 되었다. 이번에는 톰의 샐리 이모가 허크를 양자로 삼아 교육하고 돌보아 주려고 나섰다. 더글라스 부인댁에서 고역을 치렀던 허크는 다시 뺑소니를 치고 만다.

톰 소여의 아프리카 모험

차례

제 1 장
새로운 모험을 찾아서

여러분은 지금까지의 여러 가지 모험으로 톰 소여가 이제는 만족했을 것이라고 생각하는가? 그러니까 내 말은 강을 따라 내려갔던 그 모험 말이다. 그 모험에서 우리는 검둥이 짐이 달아나는 것을 도와주었다. 그 와중에 톰은 심지어 다리에 총알을 맞기도 했다. 그렇지만 톰은 절대 여기에서 만족하지 않았다. 오히려 더욱더 모험에 열중하게 되었을 뿐이다. 기나긴 모험 끝에 얻은 결과가 바로 그것이었던 것이다.

여러분도 이미 알고 있는 것처럼, 긴 여행을 마친 우리 세 사람, 즉 톰 소여와 나 허클베리 핀, 그리고 우리의 절친한 동지가 된 검둥이 짐은 의기양양하게 미시시피강을 따라 다시 고향으로 돌아왔다. 마을 전체가 횃불 행진과 환영 연설로 우리를 반갑게 맞이해주었다. 모든 사람들이 우리를 향해 환호성을 지르며 열렬한 박수를 보냈다. 이 모험으로 우리는 순식간에 작은 마을의 영웅이 된 것이다. 그리고 언제나 그렇듯이

가장 커다란 동경의 대상이 된 것은 바로 톰 소여였다.

한동안 톰은 자신이 받고 있는 대접이 더할 나위없이 만족스러웠다. 모든 사람들이 그를 떠받들었다. 한껏 콧대가 높아진 톰은 마치 온 마을 전체가 자기 소유라도 되는 듯이 잔뜩 거드름을 피우며 돌아다녔다. 어떤 사람들은 톰 소여를 위대한 여행가라고 불렀다. 이 말을 들은 톰은 자만심이 부풀대로 부풀어서 거의 터질 지경이었다.

여러분은 물론 톰이 나나 짐보다 훨씬 더 똑똑하다는 사실을 알고 있을 것이다. 왜냐하면 나와 짐은 허름한 뗏목을 타고 강을 따라 내려갔다가 돌아올 때만 증기선을 타고 왔지만, 톰은 올 때나 갈 때나 모두 증기선을 타고 다녔기 때문이다. 남자 아이들은 나와 짐을 무척이나 부러워했다. 그래서 오, 세상에! 톰 앞에 가면, 소년들은 진흙탕 위에라도 기꺼이 엎드릴 자세였다.

글쎄, 나도 잘 모르겠다. 어쩌면 그 늙은 냇 퍼슨즈만 아니었더라면, 톰도 그런대로 지금 생활에 만족하면서 조용히 지냈을지 모른다. 냇 퍼슨즈는 우리 마을의 우체국장이었다. 굉장히 키가 크고 비쩍 마른 노인네였다. 좀 멍청하기는 하지만 마음씨는 좋은 편이었다. 나이가 들면서 점차 대머리가 되었는데, 세상에 그렇게 수다스러운 늙은이는 또 없을 것이다.

지난 30년 동안 냇 퍼슨즈는 이 작은 시골 마을에서 명성을 날리는 유일한 인물이었다. 그러니까 내 말은 특별한 여행가라는 명성 말이다. 물론 냇 퍼슨즈는 그 사실을 끔찍히도 자랑스럽게 생각했다. 지난 30년 동안 그는 기회가 있을 때마다 자신이 겪은 모험에 대해 수백만 번도 넘게 떠들어댔다. 그리고 그때마다 행복해서 어쩔 줄 몰랐다.

그런데 어느날 갑자기 겨우 15살밖에 안된 꼬마가 나타나더니, 모든 사람들의 선망을 한몸에 받고 있는 것이 아닌가! 게다가 사람들은 그 꼬마의 여행담을 듣느라 완전히 넋이 나가 있었다. 이 가엾은 노인에게는 그야말로 하늘이 무너지는 듯한 충격이 아닐 수 없었다.

결국 냇 퍼슨즈는 톰에 대한 이야기라면 진절머리를 내게 되었다. 어쩌다가 사람들이 "세상에!" "그럴 수가!" "하느님 맙소사!" 하는 등등의 감탄하는 소리만 들어도 마찬가지였다. 하지만 그러면서도 절대로 톰이 하는 일에 대해 무관심할 수는 없었다. 오히려 꿀단지에 뒷다리가 빠져 허우적거리는 파리처럼 점점 더 끌려들어갔다.

그리고 잠깐이라도 톰이 말을 멈추고 휴식을 취할 때면, 이 가엾은 늙은이는 기회를 놓치지 않고 얼른 끼어들어 자신의 그 낡은 무용담을 떠들어대기 시작했다.

그것은 물론 어느 정도 심심풀이는 되었다. 하지만 이미 낡을 대로 낡은 이야기였기 때문에, 사람들의 흥미는 오래 가지 못했다. 어떻게든 과거의 명성을 되살려 보려는 그의 애처로운 노력은 보기에 민망할 정도였다.

잠시 후에 톰이 또다시 사람들의 관심을 사로잡았다. 그리고 다시 노인이 끼어들었다. 다시 톰이 이야기를 시작했다. 이런 식으로 한 시간 혹은 몇 시간 동안이나 두 사람은 서로 지지 않으려고 애를 썼던 것이다.

퍼슨즈가 했다는 여행은 이런 것이었다.

처음 우체국장이 되었을 때, 그는 아직 모든 업무에 서투른

신참내기였다. 그런데 누군지 보낸 사람의 주소는 없고 받을 사람의 주소만 적힌 편지 한 장이 도착했다. 이 마을에는 편지 봉투에 씌어진 그런 이름을 가진 사람이 한 명도 없었다. 그는 이 편지를 어떻게 해야 할지 몰랐다. 그래서 편지는 일 주일, 또 일 주일 그대로 방치되어 있었다. 마침내 퍼슨즈는 어쩌다 그 편지가 눈에 띄기만 해도 신경질적인 발작을 일으킬 정도가 되었다.

게다가 그 편지는 우편 요금조차 내지 않은 것이었기 때문에, 그것 또한 커다란 걱정거리가 아닐 수 없었다. 그로서는 우편 요금 10센트를 처리할 방법이 전혀 없었다. 퍼슨즈는 정부가 이 일로 그에게 책임을 물을 것이라고 생각했다. 어쩌면 그가 우편 요금을 받지 못했다는 사실을 알고 그를 파면시킬지도 모르는 일이었다.

마침내 퍼슨즈는 더 이상 견딜 수 없을 것 같은 기분을 느꼈다. 밤이 되어도 도통 잠을 이루지 못했고 아무리 굶어도 음식이 목에 넘어가지를 않았다. 그는 날이 갈수록 말라서 뼈만 앙상하게 되었다. 그렇다고 누군가에게 조언을 구할 수도 없었다. 왜냐하면 그가 이 마을의 우체국장이기 때문에 우편 업무에 관한 한 이 마을에서 그를 따라올 사람은 아무도 없었다. 그리고 혹시라도 그 사람이 정부에 그 사실을 고발할 수도 있었다.

퍼슨즈는 문제의 편지를 마루 밑에 깊숙히 묻어두었다. 하지만 그래도 아무런 소용이 없었다. 우연히 그 자리에 누군가가 와서 서 있는 모습을 보기라도 하면, 그는 온몸에 식은땀이 흐르고 와들와들 떨렸다. 그리고 온갖 불안한 생각이 구름

떼처럼 몰려왔다.

　그때마다 그는 온 마을이 어둠에 휩싸이고 고요히 잠드는 한밤중까지 기다렸다. 그런 다음 몰래 마루 밑에서 편지를 꺼내어 다른 장소에 파묻곤 했다. 이런 까닭을 알 리가 없는 마을 사람들은 슬슬 그를 피하기 시작했다. 그리고 그가 지나갈 때마다, 머리를 절레절레 흔들며 등뒤에서 수군거렸다. 공포에 질린 그의 눈빛이나 평소에 하는 행동들로 미루어 보아, 누군가 사람을 죽였거나 혹은 아무도 모르는 아주 끔찍한 무슨 일을 저지른 것이 틀림없다고 판단을 내렸기 때문이었다. 만약 퍼슨즈가 그 동네에서 낯선 사람이었다면, 사람들은 벌써 오래전에 그를 붙잡아 때려 주었을 것이다.

　결국 퍼슨즈는 더 이상 그대로 숨기고만 있을 수 없는 지경에 이르렀다. 그래서 그는 워싱턴에 이 사실을 알리기로 결심했다. 미합중국의 대통령을 직접 찾아가기로 한 것이다. 그리고 털끝만큼도 숨기는 것 없이, 모든 사건의 전말을 낱낱이 고백하기로 했다. 그런 다음 편지를 꺼내어 모든 정부 관료들 앞에 내놓으며 당당히 말할 생각이었다.

　"자, 여기 문제의 편지가 있습니다. 그러니 여러분들 마음대로 하십시오. 하지만 하느님께서는 제가 아주 정직한 사람이며 결코 법의 징벌을 받아야 할 사람이 아니라는 것을 알고 계실 것입니다. 제가 처벌을 받으면, 뒤에 남는 내 가족들은 틀림없이 굶어죽고 말 것입니다. 그들은 이 일과는 아무런 관련이 없는데도 말입니다. 지금까지의 제 말은 모두 틀림없는 진실입니다. 하느님께 맹세할 수도 있습니다."

　퍼슨즈는 그대로 실천에 옮겼다. 그는 아주 잠깐 동안 증기선을 탔고 또 역마차를 타기도 했다. 하지만 대부분은 말을 타고 달려갔다. 워싱턴까지 가는 데에는 3주일이 걸렸다. 그 동안 퍼슨즈는 수많은 들판과 수많은 마을과 네 개의 도시를 보았다. 그리고 다시 마을로 돌아올 때까지 거의 8주 동안이나 긴 여행을 했다.

마침내 고향에 돌아왔을 때, 그는 마을 전체에서 가장 자랑스러운 인물이 되었다. 오랜 여행을 했다는 사실 하나만으로 퍼슨즈는 그 마을에서뿐만 아니라, 그 지역에서 가장 위대한 인물로 떠올랐다. 사람들은 모이기만 하면 온통 그에 대한 이야기만을 떠들었다. 30마일(약 48km. 120리)이나 떨어진 먼 시골이나 심지어 일리노이주 끝에서부터 찾아오는 사람들도 있었다. 모두 다 그를 한번 만나 보기 위해서였다. 사람들은 입을 딱 벌린 채, 경탄하며 서 있었고 그런 사람들 앞에서 퍼슨즈는 입에 거품을 물고 의기양양하게 떠들어댔다.

"당신들은 한번도 그런 광경을 본 적이 없을 거요."

어쨌거나 지금으로서는 누가 더 위대한 여행가인지 결정할 수 있는 방법이 전혀 없었다. 어떤 이들은 냇이라고 주장했고 또 어떤 이들은 톰이라고 말했다. 냇이 가장 오랫동안 여행을 했다는 사실에는 모든 사람들이 동의하는 바였다. 그러나 한편으로 비록 톰이 여행 기간이라는 면에서는 불리하지만, 거리나 풍토의 다양성에서 그 불리함을 능가하고도 남는다는 사실을 인정하지 않을 수 없었다. 결국 어느 쪽도 승리를 점칠 수 없는 막상막하의 대결이었다.

그러므로 두 사람 모두 자신이 겪은 아슬아슬한 모험을 최대한 과장되게 떠들어대야만 했다. 그들은 그런 식으로 상대방을 앞지르려고 안간힘을 썼다. 톰의 다리에 난 총탄 자국은 냇 퍼슨즈에게는 능가하기 힘든 치명적인 약점이었다. 하지만 그는 최선을 다해 톰을 상대했다. 불리한 점은 또 있었다.

냇이 워싱턴에 갔다온 자신의 모험담을 한껏 멋지게 꾸며서 떠들고 있는 동안, 공정하게 하자면 톰은 가만히 앉아 있어야 마땅한 일이었다. 하지만 톰은 언제나 자리에서 일어나 여보란 듯이 다리를 절뚝거리며 사람들 주위를 돌아다녔다. 상처가 모두 아물고 다리가 회복된 후에도, 톰은 절대로 절룩거리는 것을 그만두지 않았다. 오히려 밤마다 집에서 다리 저는 연습을 했다. 그리고 마치 새로운 특권이라도 되는 양, 자랑스럽게 다리를 절고 다녔다.

냇이 겪은 모험이란 이런 것이었다. 사실 나는 그의 이야기가 어디까지 진짜인지 모르겠다. 어쩌면 신문이나 어딘가에서 보고 주위 들은 이야기를 꾸며낸 것인지도 모른다. 하지만 이 점만은 냇을 위해 분명히 말해두고 싶다. 냇은 이야기를 재미있게 하려면 어떻게 해야 하는지 그 방법을 정확히 알고 있는 사람이었다. 그는 이 세상 그 어떤 사람의 걸음걸이도 흉내낼 수 있었다. 또한 숨막히는 장면을 이야기할 때면 정말로 새파랗게 안색이 변하고 숨조차 쉬지 않았다. 가끔씩 부인들과 아가씨들은 너무 무서워서 끝까지 이야기를 듣지 못하고 가버릴 정도였다.

어쨌거나 내가 기억하는 바에 따르면, 그의 이야기는 다음과 같았다.

냇은 문제의 편지를 가지고 워싱턴까지 한걸음에 달려갔다. 그리고 타고 온 말을 팔기 위해 시장에 내놓은 다음, 대통령의 집으로 곧장 쳐들어갔다. 하지만 사람들은 그에게 대통령이 시청으로 이미 떠나셨으며 곧바로 필라델피아로 출발할 예정이라고 알려주었다. 대통령을 따라잡으려면 조금도 머뭇거릴 시간이 없었다. 냇은 거의 쓰러질 지경이었다. 너무나 절망적이었다. 그의 말은 이미 팔리고 없었다. 냇은 어떻게 해야 할지 알 수가 없었다.

바로 그때 한 검둥이가 낡고 삐그덕거리는 전세 마차를 몰고 다가왔다. 두 눈이 번쩍 뜨인 냇은 재빨리 달려가며 소리쳤다.

"나를 30분 안에 시청까지 데려다준다면 자네에게 50센트를 주겠네! 20분내에 도착한다면 15센트를 더 주지!"

"좋습니다!"

검둥이가 대답했다.

재빨리 마차 안으로 뛰어오른 냇이 문을 쾅 닫자마자, 그들은 이 세상 어느 누구도 달려보지 못한 험악한 길을 미친듯이 달려가기 시작했다. 마차가 흔들리며 내는 요란한 소리는 무시무시할 정도였다. 냇은 마차에서 굴러 떨어지지 않으려고 마차 고리에 팔을 걸고 죽기 살기로 매달렸다. 잠시 후에 마차가 커다란 바위에 부딪혔다. 그 바람에 마차 전체가 공중으로 붕 떠올랐다. 그 순간 마차 밑에 간신히 붙어 있던 나무 바닥이 떨어져 나가 버렸다. 마차가 다시 땅으로 내려왔을 때, 냇의 발은 땅 위를 밟고 있었다. 이제 냇은 자신이 위험에 빠져 있다는 사실을 깨달았다. 마차와 속도를 맞추어 달려가지 않으면 살아남지 못할 처지에 놓인 것이다.

냇은 너무너무 무서웠다. 하지만 최선을 다해 마차를 따라

잡으려고 노력했다. 우선 팔걸이를 양손으로 꽉 움켜잡고 정신없이 다리를 움직였다. 그의 두 다리는 마치 허공을 날아가는 것 같았다. 냇은 마차가 멈춰설 때까지 마구 소리를 치며 비명을 질렀다. 길가에 서 있던 사람들도 똑같이 비명을 질렀다. 왜냐하면 마차 밑으로 팽팽 돌아가고 있는 그의 다리가 보이고 창문 너머로는 마차 안에서 방방 뛰고 있는 그의 머리와 어깨가 보였기 때문이었다. 그런 그의 모습은 옆에서 지켜보기만 해도 아슬아슬했다.

하지만 사람들이 고함을 지르면 지를수록 검둥이는 더욱 세차게 채찍을 휘두르며 말들을 몰아댔다. 그리고 이렇게 외치는 것이었다.

"나리, 아무 걱정하지 마십시오! 걱정 마시라니까요. 제가 틀림없이 시간내에 모셔다 드리겠습니다! 이랴!"

그 검둥이는 모든 사람들이 더 빨리 달리라고 자신을 재촉하고 있는 것으로 착각하고 있었던 것이다. 물론 그의 귀에는 마차가 덜커덩거리는 요란한 소음 이외에는 아무 소리도 들리지 않았다. 그렇게 그들은 미친듯이 달려갔고 다른 사람들은 그 자리에 얼어붙은 듯이 서서 멍하니 쳐다볼 수밖에 없었다.

마침내 그들은 시청 앞에 도착했다. 지금까지 그 정도의 거리를 이렇게 빠른 시간내에 달려온 마차는 없었다는 것이 모든 사람들의 한결같은 의견이었다. 완전히 지쳐버린 말들은 힘없이 주저앉았다. 냇도 두 팔과 다리를 쭉 뻗은 채, 바닥에 쓰러져 버렸다. 온통 먼지를 뒤집어쓴 채, 그의 옷은 누덕누덕 걸레가 되어버리고 신발도 어디론가 달아나고 없었다.

하지만 덕분에 그는 늦지 않고 시간내에 도착할 수 있었다.

아주 정확히 때를 맞추었던 것이다. 냇은 막 떠나려는 대통령을 붙잡아 편지를 전해줄 수 있었다. 모든 일이 술술 풀려나갔다. 대통령은 그 자리에서 당장 그의 모든 책임을 사면해주었다. 냇은 검둥이에게 약속했던 15센트 동전을 하나 더 주었다. 이 마차가 아니었더라면 제 시간에 이곳까지 도착하지 못했으리라는 것을 잘 알고 있었기 때문이었다.

이것은 정말로 멋지고 박진감이 넘치는 모험이었다. 톰 소여는 이 멋진 모험담에 맞서기 위해서 자신이 총상을 입은 이야기를 더욱더 멋지고 생생하게 전해주어야만 했다.

그렇지만 차츰차츰 톰의 화려했던 영광도 조금씩 빛을 잃어갔다. 사람들의 관심이 다른 곳으로 쏠리기 시작했던 것이다. 처음에는 경마 경주에 모든 관심이 집중되다가 그 다음에는 화재 사건이 최고의 이야깃거리가 되었고 그 다음에는 일식이 화제를 모았다. 그런 식으로 언제나 똑같은 일이 되풀이되었다.

그 모든 화젯거리가 다 지나고 나자, 더 이상 톰의 이야기를 입에 올리는 사람은 아무도 없었다. 말하자면, 톰은 이 마을에서 제일 지겹고 싫증나는 인물이 되어버린 것이다.

얼마 지나지 않아 톰은 낮이나 밤이나 항상 초조하고 불안해하기 시작했다. 나는 이해할 수가 없어서, 도대체 무엇 때문에 항상 그렇게 우울하게 지내느냐고 물어보았다. 그러자 톰은 시간이 얼마나 헛되이 지나가고 있는지를 생각하면 마음이 무너져 내리는 것 같다고 대답했다. 자신은 하루하루 나이를 먹어가는데 전쟁은 일어날 기미조차 보이지 않고 자신의 이름을 날릴 수 있는 방법을 도무지 찾을 수가 없다는 것이었다. 그거야 모든 소년들이 항상 생각하고 있는 바였다. 하지만 그런 생각을 솔직히 입 밖으로 털어놓는 것을 내 귀로 직접 들은 것은 톰에게서가 처음이었다.

그때부터 톰은 열심히 유명 인사가 되기 위한 계획을 세우기 시작했다. 그는 곧 멋진 생각을 떠올렸고 짐과 나에게 그 계획에 동참하지 않겠느냐고 제안했다. 그런 점에서 톰 소여는 항상 자유롭고 너그러웠다. 우리가 좋은 걸 갖고 있을 때에는 주위에 훌륭하고 다정한 친구들이 많이 모여들기 마련이다. 하지만 그들에게 뭔가 좋은 일이 일어나려고 할 때, 우리를 찾아와서 그 기회를 함께 붙잡자는 말을 하는 친구는 아무도 없다.

하지만 톰 소여는 단 한번도 그런 식으로 행동하지 않았다. 톰에 대해서 그 점만은 확실하게 말할 수 있다. 만약 우리에게 사과가 하나 있다면, 수많은 남자애들이 우리 주위를 어슬렁거리고 맴돌면서 딱 한 입만 베어먹게 해달라고 애원할 것이다. 하지만 그 애들이 사과 하나를 가지고 있고 우리가 한 입만 달라고 부탁하면서 옛날에 우리가 그들에게 사과를 나누어주었던 일을 상기시킨다면, 그 아이들은 그때 일은 정말 눈물겹도록 고맙게 생각하지만 사과는 단 한 입도 줄 수 없다고 대답할 것이 틀림없다. 하지만 그런 아이들은 항상 보복을 당하기 마련이라는 것을 나는 깨달았다. 그러므로 우리가 할 일은 조용히 복수할 때를 기다리는 것뿐이다.

어쨌든 우리는 산중턱의 우거진 숲속으로 갔다. 그리고 톰이 자신의 계획을 우리에게 설명해주었다. 십자군이 되자는 것이었다.

"십자군이 뭔데?"

나는 물었다. 톰은 누군가를 수치스럽게 생각할 때면 언제나 떠오르는 그런 경멸하는 듯한 표정을 지었다. 그리고 엄숙하게 말했다.

"허클베리 핀, 너 정말로 나에게 십자군이 뭔지 모르겠다고 말하는 거니?"

"그래."

나는 대답했다.

"정말 몰라. 하지만 난 조금도 상관없어. 그런 걸 몰라도 나는 지금까지 잘 먹고 잘 살아왔는 걸. 건강에도 아무런 문제가 없잖아. 게다가 네가 이제라도 설명을 해주면 나는 당장에 알게 될 텐데 뭐. 그것으로 난 충분해. 나는 도대체 무언가를 알아내고 또 그런 것들로 머리 속을 가득 채운다고 해서 무슨 소용이 있는지 알 수가 없어. 그렇다고 단 한 번이라도 그것을 써먹을 일이 있는 것도 아닌데 말이야. 내가 아는 사람 중에 랜스 윌리엄즈라는 사람이 있었는데, 그는 자기 무덤을 파는 그날까지 촉타우어(역주 : 아메리카 인디언의 한 종족인 촉토족의 말)를 배우느라 고생만 했다구. 그런데 도대체 십자군이 뭐란 말이야? 아니, 네가 말하기 전에 먼저 내가 한 마디만 할게. 만약 그게 양육권이라면 말이야, 그건 한푼의 가치도 없는 거야. 빌 톰프슨이라는 사람이 있는데……."

"양육권이라고?"

톰은 기가 막힌다는 듯이 소리쳤다.

"너 같은 멍청한 녀석은 정말 처음 본다. 십자군이란 말이야, 일종의 전쟁이라구."

나는 톰이 정신이 나간 것이 틀림없다고 생각했다. 하지만 아니었다. 톰은 몹시 진지했다. 그리고 완벽하게 멀쩡한 정신으로 아주 차분히 말을 이어나갔다.

"십자군이란 이교도(역주 : 자기와 다른 종교를 믿는 사람들)들로부터 성지(역주 : 종교 유적이 있는 땅)를 되찾기 위해 전쟁을 벌이는 군대를 말하는 거야."

"성지가 어떤 건데?"

"글쎄, 성지란 말이야…… 오직 하나밖에 없는 거야."

"그걸로 우리가 뭘 하려구?"

톰은 가슴을 탕탕 쳤다.

"도대체 너는 지금까지 내 말을 뭘로 들었니? 정말 내 말을 못 알아듣겠어? 성지가 이교도들의 손에 들어가 있단 말이야. 그러니까 그들로부터 성지를 되찾는 것이 우리의 의무야."

"어째서 우리는 그 자들이 그걸 갖도록 내버려 두었지?"

"우리가 그 자들이 성지를 갖도록 내버려둔 게 아니야. 지금까지 줄곧 이교도들이 차지하고 있었다구."

나는 이해할 수가 없었다.

"톰, 그렇다면 그건 그 사람들 거잖아. 그 사람들이 가져야만 하는 거 아니야? 그렇지 않아?"

"물론 거기에는 그럴 만한 이유가 있지. 누가 뭐라고 그랬어?"

나는 그 문제를 열심히 생각해보았다. 하지만 아무리 생각해도 그들의 권리를 빼앗을 수 없을 것 같았다. 나는 다시 입을 열었다.

"톰 소여, 나에게는 너무 복잡한 문제야. 만약 나에게 농장이 있고 그 농장이 내 것이라면 말이야. 그런데 다른 사람이 갑자기 나타나서 그 농장을 내놓으라고 한다면 그가 그렇게 하는 것이 과연 옳은 일……."

"오, 이런 멍청이! 허클베리 핀, 너는 비가 오면 집 안으로 들어가는 것밖에는 모르지. 그건 농장이 아니야. 전혀 다른 거라구. 잘 들어봐. 그건 이런 것과 비슷해. 그들이 그 땅을 소유하고 있어. 그저 그 땅을 차지한 거지. 그들이 한 일이라고는 그것이 전부야. 하지만 그 땅을 성스럽게 만든 것은 바로 우리들, 우리 유태인들과 기독교인들이라구. 그러니까 그 놈들이 그곳을 더럽히고 있어야 할 이유가 전혀 없어. 그것은 정말 수치스러운 일이야. 우리는 단 한순간도 그런 수치를 참고 있어서는 안돼. 그들과 맞서서 싸워야만 한다구. 그리고 그 놈들로부터 그 땅을 되찾아야 해."

"세상에, 지금까지 이렇게 뒤죽박죽 혼란스러운 이야기는 한번도 들어본 적이 없는 것 같아! 그러니까 말이지, 만약 내가 농장을 가지고 있고 다른 사람이 와서……."

톰은 답답해 죽을 것 같은 표정을 지었다.

"농장 따위와는 아무런 상관이 없다고 내가 벌써 너에게 말하지 않았니? 농장은 사업이야. 그저 세속적이고 천박한 돈벌이에 불과해. 네 말의 내용은 그게 전부야. 네가 말할 수 있는 건 그게 전부라구. 하지만 이것은 훨씬 더 고상한 문제야. 종교적이고 완전히 다른 문제란 말이야."

"그러니까 거룩한 마음으로 그 땅에 찾아가서, 그 땅을 소유하고 있는 사람들로부터 거룩하게 빼앗아온다는 말이니?"

"바로 그거야. 그러니까 이 문제는 사람들에게 언제나 무척 중요하게 생각되어 왔다구."

짐은 머리를 설레설레 흔들며 중얼거렸다.

"톰 도련님, 제 생각에는요, 그 사람들이 뭔가 오해를 하고 있는 게 분명한 것 같구만요. 저도 신앙심이 깊은 사람이구요, 또 신앙심이 깊은 사람들을 많이 알고 있지만요, 그런 일을 하겠다는 사람은 지금까지 한번도 만나본 적이 없구만요."

이 말을 들은 톰은 머리끝까지 화가 나서 소리쳤다.

"이런 새대가리 무식쟁이들 같으니! 제발 그만 좀 떠들고 내 말을 잘 들어보라구. 너희들 중에 한 명이라도 역사책이라는 걸 읽어본 적이 있었다면 말이야, 리처드 커 드 룬이나 교황 아니면 고드프리 드 빌리온처럼 세상에서 가장 고귀하고 경건한 마음을 가진 수많은 사람들이 2백 년이 넘도록 이교도들로부터 그 땅을 빼앗기 위해서 얼마나 고생을 했는지 알았을 거야. 이교도들을 칼로 베고 곤봉으로 두들겨 패면서 오랫동안 싸워왔단 말이야. 그 사람들은 거의 목까지 차오르는 피바다 속을 줄곧 헤엄쳐 다니며 싸웠다구. 그런데 이 멍청하고 한심하기 짝이 없는 촌뜨기 두 녀석은 미주리주의 뒷산에 앉아서 마치 그 위대한 인물들보다도 자신들이 옳고 그른 일에 대해 더 잘 알고 있는 것처럼 잘난 척하고 있다니! 건방진 소리 좀 작작해!"

물론 톰의 말은 좀더 다른 사실을 깨닫게 해주었다. 나와 짐은 자신이 무척 천박하고 무식한 인간처럼 여겨졌다. 그리고 차라리 주제넘게 떠들지 말고 가만히 있었더라면 더 좋았을 것이라고 생각했다. 나는 아무 할 말이 없었다. 짐도 같은 생각을 하는지 한동안 조용히 입을 다물고 있었다. 그러더니 잠시 후에 이렇게 말했다.

"그러니까 제 생각에는요, 그래도 별 문제 없을 것 같구만요. 왜냐하면 우리 같은 무식쟁이들이 알아준다고 해도 그 고귀하신 나리들에게는 아무 소용도 없을 것이니까요. 그 분들이 그걸 알 리도 없지요. 그러니까 어떻게든 최선을 다해서 덤벼드는 것이 우리가 할 일이구만요. 하지만 저는 톰 도련님께도 미안하지만 왠지 그 이교도 놈들도 안됐구만요. 아무런 해도 입히지 않고 아무것도 가지지 않은 사람들을 죽인다는 건 너무 심한 일이지요, 그렇잖아요? 만약 우리가 그 사람들 있는 곳에 갔다면, 딱 우리 세 사람이서 말이에요, 그리고 배가 고프다고 말했다면 그 사람들도 우리에게 먹을 걸 줬을 거구만요. 아마 그 사람들도 여기 사람들하고 똑같을 거란 말이에요. 톰 도련님은 그렇게 생각하지 않아요? 틀림없이 먹을 걸 줬을 거구만요. 저는 그 사람들이 그랬을 거라는 걸 알아요. 그러니까……."

"그래서 뭐란 말이야?"

"그러니까, 톰 도련님. 제 생각은 그렇구만요. 우리에게 아무런 해도 입히지 않은 낯선 사람들을 죽이는 건 아무 소용없는 짓이라는 거예요. 그럴 수도 없는 일이구요. 그건 미리 연습을 하지 않으면 안되는 일이지요. 저는 그런 일을 잘 알고 있구만요. 톰 도련님, 정말이에요. 저는 확실하게 알고 있어요. 만약에 우리에게 도끼가 한두 자루 있다면 말이지요, 오늘밤 달이 져버린 후에 말이지요, 톰 도련님과 나와 허크, 이렇게 단 세 사람이서 강을 건너갈 수는 있지요. 그래서 강 건너편에 그 재수없는 가족들을 다 죽이는 거예요. 그리고 그 집을 몽땅 태워버리는 거지요. 그러니까……."

"오, 정말 너 때문에 미치겠다!"

톰이 소리를 질렀다.

"나는 더 이상 너나 허클베리 핀과 말싸움을 벌이고 싶지 않아. 항상 주제에서 벗어나 엉뚱한 이야기만 지껄여대고 있으니 말이야. 너희들이 하는 이야기는, 부동산 보호법을 가지고 순수 신학 이론을 세우려고 노력하는 것보다 더 말도 안되는 소리야!"

 바로 이 점에서 톰은 잘못 알고 있었다. 짐이 어떤 해를 입히려고 했던 것은 결코 아니었다. 그것은 나도 마찬가지였다. 우리는 톰이 옳고 우리가 틀렸다는 사실을 잘 알고 있었다. 그리고 우리가 앞으로 할 일은 오직 어떻게 그 계획을 실천할지 그 방법을 알아내는 것이 전부라는 것도 알고 있었다. 톰이 우리가 납득할 만한 정당한 이유를 설명해주지 못하는 이유는 단지 우리가 너무 무식하기 때문이었다. 솔직히 약간 멍청한 것도 사실이다. 나도 그 사실을 부인하지는 않겠다. 하지만 맹세코! 그 일이 나쁜 범죄는 아니라는 걸 나는 알아야만 했던 것이다.

하지만 톰은 더 이상 아무 말도 들으려고 하지 않았다. 다만 우리가 올바른 정신을 가지고 이 일에 착수하기만 한다면, 자신은 2천 명의 기사들을 끌어모을 수 있을 거라고 말할 뿐이었다. 톰은 먼저 기사들을 머리에서부터 발끝까지 단단히 무장을 시킨 다음, 나를 대위로 삼고 짐을 병사로 따르게 하고 자신은 직접 지휘를 맡겠다고 했다. 그리고 이교도들을 전부 날파리처럼 바다 속으로 쓸어넣어 버리고서 태양처럼 눈부시게 영광스러운 모습으로 전세계를 돌아 고향으로 돌아오겠다는 것이었다.

톰은 우리에게 절호의 기회가 주어졌는데도, 우리가 그걸 잡을 줄을 모르고 있다고 말했다. 그리고 자신이 그런 기회를 또다시 주지는 않을 거라고 말했다. 물론 톰은 그러지 않았다. 일단 톰이 마음을 먹으면, 그의 마음을 움직일 수 있는 사람은 아무도 없었다.

하지만 나는 전혀 신경쓰지 않았다. 내 마음은 평화롭기만 했다. 나에게 아무 짓도 하지 않는 사람들 때문에 요란을 떨고 싶은 생각은 조금도 없었다. 솔직히 이교도들이 만족하고 있다면 나도 그걸로 충분했다. 그들을 그대로 내버려 두면 되는 것이다.

톰의 이런 생각들은 모두 월터 스콧의 책에서 얻은 것이었다. 톰은 항상 그 책을 손에서 놓지 않았다. 하지만 그것은 너무 황당한 생각들이었다. 왜냐하면 내 견해로는 톰이 절대로 기사들을 모을 수 없을 것이기 때문이었다. 설사 모았다고 하더라도 십중 팔구 톰은 싸움에서 졌을 것이다.

나는 책을 가져다가 거기에 관한 것은 전부 읽어보았다. 그리고 내가 아는 한, 농장일을 때려치우고 십자군 전쟁에 나간 사람들은 대부분 엄청나게 힘든 일들을 겪어야 했다.

제 2 장
하늘을 나는 톰

 어쨌든 톰은 하나씩 하나씩 계획을 실행에
옮기려고 했다. 하지만 그때마다 번번이
어디선가 까다로운 문제들이 생겨나서, 톰
은 계속해서 생각했던 일들을 뒤로 미룰 수
밖에 없었다. 그런 일들이 계속 반복되자, 마침내 톰은 거의
절망에 빠질 지경이 되었다.

바로 그때 세인트 루이스 신문들이 곧 유럽으로 항해할 예
정인 기구(역주 : 큰 공기주머니에 수소나 헬륨을 넣어서 하늘을 나는 기
구)라는 것에 대해서 요란하게 떠들어대기 시작했다.

톰은 그곳까지 찾아가서 기구라는 것이 어떻게 생긴 것인지
보고 싶은 생각이 들었다. 하지만 확실히 마음을 결정할 수가
없었다.

그렇지만 신문들이 계속해서 요란스럽게 떠들어대자 톰은
어쩌면 이번에 가보지 않으면, 평생 기구를 볼 수 있는 또 다
른 기회를 만날 수 없을지도 모른다는 판단을 하게 됐다. 게

다가 그의 적인 늙은 우체국장 냇 퍼슨즈가 기구를 보러 갈 것이라는 새로운 사실도 알게 되었다. 당연한 일이지만 그 사실이 결정적으로 톰의 마음을 움직였다. 냇 퍼슨즈가 기구를 구경하고 마을에 돌아와서 신나게 떠벌리는 모습을 그냥 두고 볼 수는 없는 일이었다. 그렇게 되면, 냇이 의기양양하게 떠드는 동안 톰은 잠자코 앉아서 듣기만 해야 할 것이다. 톰은 나와 짐에게 함께 기구를 보러 가자고 말했다. 그리고 톰이 원했기 때문에 우리는 곧 길을 떠났다.

그것은 참으로 커다랗고 기묘하게 생긴 기구였다. 게다가 두 날개와 회전판과 온갖 설비들을 갖추고 있었다. 그림에서 보던 풍선처럼 생긴 기구들과는 전혀 달랐다. 그 기구는 12번가의 모퉁이에서부터 마을의 가장자리에 위치한 텅 빈 공터로 운반되었다. 공터에는 벌써 수많은 사람들이 몰려와 있었다. 사람들은 기구와 기구를 타는 사람을 조롱하면서 한결같이 기구가 하늘을 날지 못할 것이라고 입을 모았다.

기구를 타는 사람은 달빛처럼 몽롱한 눈빛을 지닌 호리호리하고 얼굴이 하얀 남자였다. 그 남자의 귀에도 사람들이 조롱하는 말소리가 들렸다. 그는 몹시 화가 나는 듯했다. 그는 사람들을 향해 몸을 돌리더니 주먹을 흔들어 보였다. 그리고 큰 소리로 외쳤다.

"당신들은 모두 무식한 동물들이고 장님들이야!"

그는 계속 떠들었다. 언젠가는 국가의 위상을 드높이고 문명을 만든 사람들 중의 한 사람과 직접 얼굴을 마주 대하고 서 있었으면서도 자신들이 너무 멍청해서 그 사람을 알아보지 못했다는 사실을 깨닫게 될 것이라고 했다. 또한 바로 이 자리에 당신들의 자식들과 손자들이 그를 위해 기념비를 세울 것이며 그 기념비는 역사를 거슬러 영원히 보존될 것이라고 했다. 하지만 자신의 이름은 그보다도 더 오랫동안 기억될 것이라고 그는 열변을 토했다.

이 말을 들은 사람들은 일제히 폭소를 터뜨리며 그를 향해 야유를 퍼부었다. 그리고 그에게 결혼하기 전에 이름이 뭐였느냐, 그의 누이와 고양이와 할머니의 이름은 무엇이냐는 질문을 하면서, 사람들이 누군가 마음껏 곯려줄 수 있다고 여겨지는 녀석을 붙잡았을 때 흔히 하는 온갖 짓궂은 말들을 다 떠들었다. 물론 사람들이 하는 말들 중에 어떤 것은 꽤 재미있었다. 솔직히 굉장히 재치있는 말도 있었다. 나도 그 점을 부인하지는 않겠다. 그렇지만 그것은 정정당당한 싸움도, 용기있는 싸움도 아니었다. 그 많은 사람들이 한편이 되어 한 사람을 공격하고 있으니 말이다. 그토록 입심 좋고 신랄한 사람들과는 반대로, 그 남자는 뭐라고 대꾸할 수 있는 말주변조차 갖고 있지 못했다.

하지만, 오 위대한 대지여! 도대체 뭐라고 욕설을 퍼부어주겠는가? 알다시피 그렇게 한다고 해도 그에게 좋을 것은 없었다. 험담하기 좋아하는 그 사람들에게는 단지 심심풀이일 뿐이다. 그러니까 사람들은 그를 가지고 장난을 치고 있는 것뿐이었다. 하지만 그것이 그가 가야 할 길이었다. 나는 그 남자가 그런 시련을 피할 수는 없을 것이라고 생각한다. 내가 판단하기에 그는 그런 운명을 타고난 것이다. 그는 아주 선량한 사람이었다. 남에게 해를 입히려는 것도 아니었다. 신문에서 말하듯이, 그 남자는 단지 천재였을 뿐이다. 그리고 그것은 그의 잘못이 아니었다.

　우리가 모두 멀쩡한 정신을 가질 수는 없다. 우리는 그저 생긴대로 살아갈 뿐이다. 내가 아는 한, 천재들이란 자신이 모든 걸 다 알고 있다고 생각한다. 그래서 사람들의 충고를 절대 받아들이려고 하지 않고 언제나 자기 방식대로만 한다. 그렇기 때문에 모든 사람들이 그들을 버리고 무시하는 것이다. 그것은 너무나도 당연한 일이다. 만약 천재들이 조금만 더 겸손하다면, 그래서 다른 사람의 말에도 귀를 기울이고 뭔가를 배우려고 노력한다면, 그들에게도 훨씬 더 좋을 것이다.

　그 교수가 타고 있는 기구는 보트와 비슷했다. 굉장히 크고 넓었으며 안쪽에는 온갖 종류의 물건들을 보관하기 위한, 물이 스며들지 않는 상자들이 놓여 있었다. 그리고 그 위에 한 사람이 앉을 수도 있고 침대처럼 누울 수도 있게 되어 있었다. 우리는 기구에 올라탔다. 기구 안에서는 스무 명 정도 되는 사람들이 주위를 기웃거리며 이것저것 살펴보고 있었다. 그 중에는 늙은 냇 퍼슨즈도 있었다.

　교수가 출발 준비를 하느라 부지런히 이리저리 움직였다. 그러자 사람들이 기구에서 내리기 시작했다. 늙은 냇 퍼슨즈는 제일 뒤에서 머뭇거리고 있었다. 물론 그렇다고 우리가 그보다 먼저 내릴 수는 없는 일이었다. 우리는 그가 완전히 기구에서 내릴 때까지 꼼짝하지 않았다. 결국 우리가 제일 마지막까지 기구 안에 남아 있을 수 있었다.

　이제 우체국장 냇 퍼슨즈까지 기구에서 내렸다. 그러니 우리도 그의 뒤를 따라 내려야 할 시간이 된 것이다. 나는 커다란 고함 소리를 듣고 문득 뒤를 돌아보았다. 저 멀리 우리들

발 아래로 도시가 급속도로 멀어지고 있었다. 나는 당장이라도 토할 것 같았다. 너무나 겁이 났다. 짐은 얼굴이 새파랗게 질린 채, 한 마디도 하지 못했다. 톰도 아무 말이 없었다. 하지만 오히려 신이 난 것처럼 보였다.

도시는 점점 더 아래로 아래로 멀어져갔다. 우리는 그저 허공에 매달린 채, 꼼짝하지 않고 서 있는 수밖에는 달리 아무것도 할 수가 없었다. 집들이 점점 더 작게 보였다. 도시도 점점 더 촘촘하게 줄어들었다. 사람들과 마차가 마치 땅 위를 기어다니는 개미나 벌레들처럼 보였고 넓은 길들도 가느다란 실이나 금이 간 자국처럼 보였다. 그러더니 곧 모든 것들이 하나로 합쳐져서 더 이상 도시 같은 것은 눈에 보이지도 않았다. 오직 땅 위에 커다란 흔적이 하나 있을 뿐이었다. 내가 보기에는 혼자서라도 강을 번쩍 들어올려 1천 마일 밖으로 던져놓을 수 있을 것 같았다. 물론 그렇게 할 수는 없겠지만 말이다.

차츰차츰 땅은 커다란 공이 되었다. 둥글고 흐릿한 색깔을 지닌 공 말이다. 공 표면에는 구불구불하고 반짝거리는 줄이 둘러져 있었는데, 그것이 강이었다. 더글라스 아주머니는 항상 나에게 지구가 공처럼 둥글다고 말해왔다. 하지만 나는 그녀가 말하는 수많은 미신들을 한번도 믿은 적이 없었다. 그러므로 당연히 그 말에는 전혀 관심을 기울이지 않았다. 내 눈으로 보기에 이 세상은 분명히 첩시 모양의 평평한 땅이었기 때문이었다. 나는 높은 언덕 위에 올라가 온 사방을 둘러보며 직접 그 사실을 확인해보곤 했었다. 그러므로 어느 누가 그렇게 말한다고 해도 곧이듣지 않았다.

하지만 이제 나는 더글라스 아주머니의 말이 옳았다는 것을 인정하지 않을 수 없었다. 다시 말해서, 이 세상 다른 모든 부분에 대해서는 아주머니가 한 말이 옳았다. 하지만 오직 우리 마을이 있는 부분에 한해서만은 그녀의 말이 옳지 않았던 것이다. 우리 마을이 있는 부분의 지구는 분명히 접시처럼 평평했다! 그 점에 대해서는 맹세할 수도 있다!

그 동안에도 교수는 줄곧 아무 말이 없었다. 마치 잠이 들기라도 한 것 같았다. 하지만 갑자기 긴장이 풀어지더니 굉장히 신랄한 사람이 되었다. 그는 이와 비슷한 말들을 중얼거렸다.

"멍청한 것들! 이 기구가 날아가지 못할 거라고 말했지. 그리고는 이 기구 안을 조사하고 여기저기 염탐하면서 내 비밀을 알아내려고 했어. 하지만 나는 그들을 이겼어. 나 이외에는 아무도 이 비밀을 모르지. 나 이외에는 어떻게 이 기구를 움직일 수 있는지 아무도 모른단 말이야. 이거야말로 새로운 힘이야. 전혀 새로운 힘. 이 세상에서 수천 배나 강력한 최고의 힘이지! 여기에 비하면 증기력 따위는 어린애 장난이라니까! 저 바보들은 내가 유럽에 갈 수 없을 거라고 했었지. 유럽에 못간다구! 흥, 여기 오 년 동안 날아갈 수 있는 동력과 석 달 동안 먹을 음식이 있다구. 멍청한 것들! 그들이 이걸 알기나 하겠어? 그래, 그들은 내 비행선이 형편없다고 말했지. 흥, 하지만 앞으로 50년은 끄떡없을 걸! 나는 원하기만 한다면 평생 하늘을 날아다닐 수도 있어. 그리고 내가 원하는 곳은 어디든지 갈 수가 있어. 사람들은 이걸 보고 비웃으며 나보고 할 수 없을 거라고 말했었지만 말이야. 움직일 수도 없을 거라고? 자, 애야, 이리 와라. 내가 말하는 이 단추들을 눌

러봐라."

　교수는 톰에게 온 사방으로 비행선을 운전하도록 했다. 그리고 단시간내에 모든 것을 다 가르쳐 주었다. 톰은 너무나 쉽다고 말했다. 교수는 톰에게 비행선을 지상으로 곧장 내려가게 하라고 했다. 그리고 농부들에게 말을 걸고 그들이 대답하는 말을 전부 똑똑히 알아들을 수 있을 정도로 일리노이주의 대평야 위를 아주 낮게 날아가도록 지시했다. 교수는 이 기구에 대해 설명을 적어 놓은 인쇄물들을 농부들에게 뿌려주었다. 그리고 이 기구는 지금 유럽을 향해 가고 있는 중이라고 말했다.

　톰은 거의 나무에 부딪힐 정도로 곧장 날아가다가 아슬아슬
하게 나무 위를 살짝 타넘을 수 있을 정도로 비행선을 잘 조정
할 수 있게 되었다. 교수는 톰에게 비행선을 착륙시키는 법을
알려주었다. 그리고 먼저 자신이 직접 시범을 보였다. 기구는
양털처럼 부드러운 풀밭 위에 사뿐히 내려앉았다. 하지만 우
리가 기구에서 당장 뛰어내리려고 하자, 교수는 소리쳤다.

　"안돼. 그러지 마!"

　그리고는 또다시 하늘 위로 곧장 날아올랐다. 너무나 무시
무시한 일이었다. 나는 무릎을 꿇고 애원하기 시작했다. 짐도
그렇게 했다. 하지만 그럴수록 교수의 성질만 돋굴 뿐이었다.

교수는 잔뜩 화가 나서 우리를 무서운 눈으로 째려보기 시작했다. 나는 그가 너무 무서웠다.

하지만 곧 다시 교수는 자신의 불행으로 관심을 돌렸다. 그는 자신이 받은 모욕적인 대접에 대해 마구 투덜거리면서 길게 한탄을 늘어놓았다. 도저히 그냥 잊어버릴 수가 없는 모양이었다. 특히 그의 비행선이 형편없다고 한 말을 참을 수 없어하는 것 같았다. 교수는 이 비행선의 구조가 너무 복잡해서 금방 고장이 날 거라는 사람들의 말을 비웃었다. 내 비행선이 금방 고장이 난다니! 그는 그 말에 몹시 신경질을 냈다. 그리고 이 비행선은 달의 움직임보다도 더 정확하다고 말했다.

교수는 점점 더 기분이 나빠졌다. 나는 그렇게 화를 내는 사람은 한번도 본 적이 없었다. 그를 보고 있자니 온몸에 식은땀이 흘렀다. 짐도 마찬가지였다. 차츰 교수는 큰 소리로 고함을 지르고 비명을 지르기 시작했다. 그리고 자신을 그렇게 조롱했으니, 이 세상 사람들은 앞으로도 영원히 그의 비밀을 알아내지 못하게 할 거라고 맹세했다. 또한 자신이 어떤 일을 할 수 있는지 보여주기 위해 이 기구를 타고 지구 전체를 한바퀴 돌 것이며 그런 다음에는 바다에 가라앉을 것이라고 말했다. 그러면 물론 우리 모두 비행선과 함께 가라앉게 되는 것이다.

어쨌든 우리는 세상에서 가장 무시무시한 위험에 처해 있었다. 게다가 서서히 어둠이 몰려들었다!

교수는 우리에게 먹을 것을 주었다. 그리고 우리에게 비행선 끝으로 가라고 말했다. 교수는 물건을 담은 상자 위에 누웠다. 그곳에서는 모든 기계들을 한눈에 살펴볼 수 있었다.

교수는 오래된 권총 한 자루를 베개 밑에 두었다. 그리고 우리를 위협했다.

"누구든지 이 비행선을 착륙시키는 어리석은 짓을 하려고 한다면, 당장 죽여버릴 거야."

우리는 납작 엎드려서, 곰곰이 생각했다. 하지만 별로 말은 하지 않았다. 그저 이따금씩 뭔가 꼭 말을 해야만 할 때, 겨우 한 마디씩 할 뿐이었다. 그 정도로 우리는 무섭고 불안했다.

그날 밤은 말할 수 없이 지루하고 쓸쓸했다. 비행선은 상당히 낮게 날아가고 있었다. 부드러운 달빛에 비친 세상은 아름답고 평화로웠다. 야트막한 농가들은 너무나 아늑하고 따스하게 보였다. 농장에서 나는 소리들까지 들을 수 있을 정도였다. 우리는 생각했다.

'저기에 내려갈 수 있다면 얼마나 좋을까!'

오, 하나님! 하지만 안타깝게도 우리는 유령처럼 그 위를 둥둥 떠 갈 뿐이었다. 우리가 지나간 자리에는 흔적조차 남지 않았다.

길고 어두운 밤 동안 우리는 계속 그렇게 날아갔다. 마침내 세상의 모든 소리들이 밤이 끝나가는 소리를 내고 공기 중에도 밤이 끝나가는 기운과 냄새가 느껴지게 되었을 때, —— 내 짐작에 대략 새벽 2시 정도 되었을 것이다 —— 톰이 입을 열었다. 교수가 너무나 조용한 걸 보니, 이제는 잠이 깊이 든 것이 틀림없다는 것이었다. 그러니까 차라리…….

"차라리 뭐?"

나는 나지막이 속삭였다. 하지만 거의 기절할 것 같은 기분이었다. 왜냐하면 톰이 무슨 생각을 하고 있는지 다 알고 있었기 때문이었다.

"살며시 저쪽으로 가서 저 자를 묶어버리자. 그리고 비행선을 착륙시키는 거야."

톰이 말했다. 나는 황급히 말했다.

"안돼. 제발! 꼼짝도 하지 말아, 톰 소여."

너무나 겁에 질린 짐은 입을 딱 벌린 채, 한동안 아무 말도 하지 못했다.

"오, 톰 도련님. 그러지 마세요. 만약 도련님이 저 자를 잡았다가는 우린 모두 끝장이구만요. 나는 이 세상 어떤 일이 있어도 저 자 옆으로는 가까이 가지 않을 거예요. 톰 도련님, 저 자는 완전히 미친 놈이에요."

톰은 목소리를 한껏 낮추어 말했다.

"그러니까 우리는 더욱더 뭔가 해야만 한다구. 만약 저 사람이 미치지 않았다면, 나는 아무 데도 가지 않고 여기에 남아 있었을 거야. 네가 아무리 뭐라고 해도 나를 끌어낼 수 없었을 거라구. 이제 나는 이 기구에 완전히 익숙해졌단 말이야. 게다가 단단한 땅에서부터 멀리 떨어져 있는 것에 대한 두려움도 극복했으니까 말이야. 하지만 그것은 저 남자가 제정신일 때 하는 말이지. 저렇게 머리가 돌아버린 사람과 이런 식으로 여행을 하는 건 절대 좋은 생각이 아니야. 세상을 한 바퀴 돈 후에 우리 모두를 물에 빠뜨리겠다고 공공연히 말하는 작자와 말이야. 그러니까 우리는 뭔가를 해야만 한다구. 분명히 말하지만, 저 자가 잠에서 깨기 전에 해야만 해. 그렇지 않으면 앞으로 또 다른 기회를 잡을 수 없을지도 몰라. 어서!"

하지만 그런 생각만 해도 우리는 온몸이 싸늘하게 얼어붙고

덜덜 떨려왔다. 우리는 꼼짝도 하지 못하겠다고 말했다. 결국 톰 혼자서 비행선 뒤쪽으로 가보기로 했다. 조종대를 잡아서 땅 위에 착륙시킬 수 있을지 살펴보려는 것이었다. 우리는 제발 그러지 말라고 애원하고 또 애원했다. 하지만 아무런 소용이 없었다. 톰은 무릎을 바닥에 대고 엎드린 채, 조금씩 조금씩 기어가기 시작했다. 우리는 잔뜩 숨을 죽이고 그 모습을 가만히 지켜보았다.

비행선의 중간 정도를 지나자, 톰은 전보다 훨씬 더 천천히 기어갔다. 그 순간이 나에게는 몇 년이라도 되는 것처럼 길게 느껴졌다. 마침내 우리는 교수의 머리맡까지 다가간 톰의 모습을 지켜보았다. 톰은 안도하는 표정으로 살그머니 자리에서 일어나 귀를 기울였다. 그리고는 다시 조종 단추가 있는 교수의 발치를 향해 조금씩 걸어가기 시작했다. 무사히 그곳까지 도착한 톰은 조심스럽게 단추 쪽으로 손을 뻗었다. 하지만 뭔가를 쓰러뜨리는 바람에 소리가 나고 말았다. 톰은 재빨리 바닥에 납작 엎드렸다. 그리고 꼼짝도 하지 않았다.

교수는 몸을 뒤척거리며 소리쳤다.

"무슨 일이야?"

하지만 모두들 죽은 듯이 가만히 있었다. 교수는 마치 잠에서 깨어나려는 사람처럼 뭐라고 중얼거리면서 이리저리 몸을 움직였다. 이제 꼼짝없이 죽었구나 하는 생각이 들자, 너무나 무섭고 두려웠다.

그때 두터운 구름이 달을 서서히 가리기 시작했다. 나는 너무 기뻐서 눈물이 날 것 같았다. 달은 더욱더 깊숙이 구름 속으로 몸을 감추었다. 주위는 온통 어둠에 휩싸여서 톰의 모습조차 보이지 않았다. 잠시 후에 빗방울이 떨어지기 시작했다. 우리는 교수가 변덕스런 날씨를 욕하면서 밧줄과 물건들을 챙기느라 부산하게 움직이는 소리를 들을 수 있었다. 우리는 혹시라도 교수가 톰을 건드리지나 않을까 순간 순간 두려움에 떨었다. 그럼 우리는 끝장이었다. 어쩔 수 없는 일이었다.

하지만 톰은 어느 사이에 벌써 돌아와 있었다. 그의 손이 우리 무릎에 닿는 순간, 나는 갑자기 숨이 멎고 심장이 덜컥 내려앉았다. 왜냐하면 깜깜한 어둠 속에서 누가 교수이고 누가 톰인지 분간할 수가 없었기 때문이었다. 나는 틀림없이 교수라고 생각했었다.

오, 이런! 톰이 무사히 돌아오자, 나는 너무나 행복했다. 심지어 저 미친 사람과 이렇게 하늘을 계속 날아가도 괜찮을 것 같았다. 깜깜한 어둠 속에서는 기구를 착륙시킬 수가 없었다. 그러므로 나는 계속해서 비가 오기를 소원했다. 톰이 더 이상 위험한 짓을 해서 우리 마음을 그토록 조마조마하게 만드는 것을 원하지 않았기 때문이었다. 어쨌든 내 소원은 이루어졌다. 밤새도록 비가 주룩주룩 쏟아졌던 것이다. 머지 않아 날이 밝아오기는 했지만, 그 시간이 너무나 길게만 느껴졌다.

새벽이 되자, 하늘이 맑아졌다. 희뿌연 안개에 휩싸인 세상은 말할 수 없이 아름답고 포근하게 보였다. 숲과 들판을 다시 보게 되니 너무나 기뻤다. 심각한 표정으로 뭔가 생각에 잠겨 있는 말들과 가축의 무리들도 보였다. 뒤이어 눈부시게 휘황찬란한 빛을 발하며 태양이 떠올랐다. 우리는 몸이 너무 뻣뻣해서 기지개를 켜고 싶은 기분이 들었다. 그리고 비로소 우리가 모두 깜박 잠이 들었다는 걸 깨달았다.

제 3 장
바다 구경

 우리는 새벽 4시쯤에 잠이 들어서 8시쯤에
깨어난 것이었다. 교수는 무뚝뚝한 표정으
로 비행선의 뒤편에서 꼼짝도 하지 않았
다. 그는 우리에게 약간의 아침 식사를 던
져 주면서 비행선의 중앙 부분을 넘어서 아래쪽으로는 다가오
지 말라고 말했다. 그것은 배로 말하자면, 한가운데 정도 되
는 곳이었다. 사람이 굉장히 긴장하고 있을 때, 뭔가를 먹어
서 배를 든든하게 채우고 나면, 배가 고플 때와는 세상이 전
혀 다르게 보이는 법이다. 몸도 훨씬 더 편안하게 느껴졌다.
비록 머리가 돈 천재와 기구를 함께 타고 있을지라도 말이다.
우리는 서로 이야기를 나누기 시작했다.

사실은 계속해서 나를 괴롭히는 한 가지 문제가 있었다. 그
리고 나는 조금씩 내 생각을 털어놓았다.

"톰, 우리가 동쪽으로 가고 있는 거 아니니?"

"그래, 맞아."

"얼마나 빨리 날아가고 있는 걸까?"

"잔뜩 화가 나서 돌아다니던 교수가 중얼거리던 말을 너도 들었잖아. 어떤 때에는 한 시간에 50마일 속도로 날아가다가 또 어떤 때는 90마일, 어떤 때는 100마일(약 160km, 1마일은 1.6093km)의 속도로 가고 있대. 그리고 바람이 도와주기만 한다면, 언젠가는 300마일의 속도도 낼 수 있다고 하더군. 게다가 바람이 필요하거나 혹은 오른쪽에서 바람이 불어오기를 원할 때면, 그저 기구를 좀더 위쪽이나 아래쪽으로 움직여서 바람을 찾기만 하면 된다고 말했어."

"그렇다면 내가 생각했던 것과 꼭 맞아떨어지는군. 교수는 지금 거짓말을 하고 있어."

"어째서?"

"만약 우리가 그렇게 빨리 달리고 있다면, 벌써 일리노이주를 벗어났어야만 하는 거 아니야? 그렇지?"

"그렇구말구."

"그런데 아니야."

톰은 깜짝 놀라며 나를 바라보았다.

"어떻게 아니라는 걸 알지?"

"나는 색깔을 보고 알 수 있어. 우리는 아직도 일리노이주 위를 날아가고 있어. 너도 직접 보면 인디애나주는 보이지도 않는다는 걸 알 수 있을 거야."

톰은 진짜 걱정스러운 표정으로 물었다.

"허크, 너에게 무슨 문제가 생긴 거 아니니? 색깔을 보고 알 수 있단 말이야?"

"그래, 그렇다니까."

"색깔이 무슨 상관이야?"

나는 자랑스럽게 설명했다.

"물론 색깔이 상관이 있지. 일리노이주는 초록색이고 인디애나주는 분홍색이야. 그런데 저 밑에 어디 분홍색이 보이느냐구. 보이면 한번 말해봐. 온통 초록색뿐이잖아."

"인디애나주가 분홍색이라구? 도대체 무슨 헛소리를 하는 거야?"

"거짓말 아니라니까. 나는 지도에서 봤어. 분명히 분홍색이었다구."

그렇게 짜증스럽고 혐오감으로 가득 찬 얼굴을 나는 생전 처음 보았다. 톰이 말했다.

"허클베리 핀, 내가 너처럼 멍청한 얼간이였다면 차라리 여기서 뛰어내렸을 거다. 지도에서 보았단 말이지! 허클베리 핀, 그럼 너는 각 주가 지도에 칠해진 색깔과 온통 똑같은 색깔일 거라고 생각했단 말이니?"

"톰 소여, 그렇다면 지도가 왜 있는 거지? 지도를 보고 사실을 배우는 거 아니야?"

"물론 그렇지."

"그렇다면 지도가 거짓말을 할 때에는 어떻게 해야 하는 거지? 나는 그게 알고 싶어."

"돌대가리, 이 얼뜨기야! 지도는 거짓말을 하는 게 아니야."

"아니라구? 왜 아니지?"

"아니야! 아니라구."

"그렇다면 좋아. 만약 거짓말을 한 것이 아니라 해도, 두 주는 똑같은 색깔일 리가 없어. 톰 소여, 할 수 있으면 어디 한

번 네가 직접 설명해봐."

톰은 내가 그를 이겼다는 것을 깨달았다. 짐도 그 사실을 알았다. 솔직히 말하면, 나는 무척이나 기분이 좋았다. 왜냐하면 톰 소여는 말싸움을 해서 좀처럼 이기기 힘든 상대였기 때문이었다. 짐은 무릎을 탁 치면서 기뻐했다.

"제가 그랬잖아요! 허크가 똑똑하다고요. 정말 똑똑하구만요. 톰 도련님, 아무 소용없어요. 이번에는 허크가 이겼어요!"

짐은 또다시 무릎을 탁 치면서 말했다.

"세상에, 정말 똑똑하구만!"

나는 평생 그렇게 기분이 좋아본 적이 없었다. 하지만 솔직히 고백하자면, 나는 말을 하기 전까지는 어떤 말을 하고 있는지조차 모르고 있었다. 나는 그저 아무런 생각없이 정신없이 지껄인 것뿐이었다. 어떤 일이 일어나리라고는 기대조차 하지 않았다. 더구나 그런 말이, 그것도 느닷없이 튀어나오리라고는 생각도 하지 못했다. 그러므로 다른 사람들에게뿐만 아니라 나에게도 참으로 놀라운 일이었다.

마치 어떤 사람이 아무런 생각없이 옥수수빵 한 덩어리를 우적우적 씹어먹다가 갑자기 다이아몬드를 깨물게 된 것과 똑같은 상황이었다. 처음에 그 남자는 그것이 돌멩이 같은 것인 줄만 알고 얼른 뱉아낸다. 그리고 바닥에 버려져서 모래와 돌멩이와 다른 온갖 것들 틈에 섞일 때까지도 그것이 다이아몬드라는 걸 알지 못한다. 그러다가 우연히 발견하고는 깜짝 놀라며 기뻐하는 것이다. 그리고 자랑스러워 하는 것은 물론이다.

하지만 네가 그것을 직접 두 눈으로 보기 전까지는, 그다지 그의 말을 믿지 않을 것이다. 만약 그가 다이아몬드를 찾아다니는 사람이었다면 응당 믿었을 테지만 말이다. 잘 생각해보면 그 차이를 금방 알 수가 있다. 그러니까 그런 식으로 우연히 일어난 일은, 목표를 가지고 힘들게 이루어낸 일만큼 훌륭하지 못하다는 것이다. 옥수수빵에서 다이아몬드를 찾아내는 일은 누구라도 할 수 있다. 하지만 이 점만은 명심해야 한다. 그런 일도 옥수수빵 같은 것을 가지고 있는 사람에게만 일어날 수 있다는 사실을 말이다. 내 경우도 그와 마찬가지였다.

내가 위대한 일을 했다고 주장하는 것은 아니다. 사실 내가 그런 일을 또다시 할 수 있을 거라고 생각하지는 않는다. 하지만 나는 바로 그때 그 일을 해낸 것이다. 그게 내가 말하고자 하는 전부이다. 내가 그런 일을 할 수 있다고는 생각하지도 않았고 그런 일을 생각해보거나 하려고 노력해본 적도 없었다. 어쨌든 나는 그저 아무 생각 없이 태평했을 뿐이다. 어느 누구도 그보다 더 태평할 수는 없을 것이다. 그런데 느닷없이 그런 일이 일어난 것이다.

나는 종종 그때를 다시 생각해보곤 한다. 마치 그 일이 바로 지난 주에 일어난 일인 것처럼, 모든 것들을 생생하게 기억하고 있다. 그리고 모든 광경을 바로 어제 일처럼 눈앞에 그려볼 수가 있다.

우리 밑으로는 아름답게 굽이치는 숲과 들판과 호수가 사방으로 수백 마일까지 펼쳐져 있었고, 마을과 도시들은 여기저기 사방으로 흩어져 있었다. 교수는 작은 책상 앞에 앉아 일지를 들여다보고 있었고 말리기 위해 매달아 놓은 톰의 모자는 바람에 펄럭이고 있었다. 특별히 기억나는 것은 바로 오른쪽으로 10피트 정도 떨어진 곳에서 새가 한 마리 날아가고 있었다는 것이었다. 그 새는 우리를 따라오면서 나란히 날아가려고 애를 썼다. 하지만 항상 길을 잃곤 했다. 저 아래쪽에서는 기차가 나무들과 농장들 사이를 미끄러져 가면서 검은 연기 구름을 길게 내뿜고 있었다. 그리고 이따금씩 하얀 김을 토해내기도 했다. 하얀 연기가 멀리 사라지고 거의 기차를 잊어버릴 정도가 되었을 때, 어디선가 희미하게 뚜뚜하는 소리가 들려온다. 기적 소리다. 우리는 새와 기차를 멀리 뒤에 남겨둔 채, 앞으로 앞으로 날아갔다.

하지만 톰은 아주 거만하기 짝이 없었다. 그리고 나와 짐이야말로 한 쌍의 잘 어울리는 무식한 떠벌이들이라고 말했다.

"만약 갈색 소와 커다란 갈색 개가 있다고 해봐. 그리고 화가가 그걸 그린다고 해보자. 화가가 해야 할 가장 중요한 일이 뭐겠니? 화가는 네가 그 그림을 보자마자 당장 소와 개를 구별할 수 있도록 그림을 그려야 하겠지. 그렇지 않니? 당연한 일이야. 그렇다면 너는 화가가 두 마리를 모두 갈색으로 칠하기를 원하겠니? 분명히 그렇지는 않을 거야. 그들 중에 한 마리를 파란색으로 칠한다면 소와 개가 헷갈리는 일은 절대 있을 수 없겠지. 지도도 마찬가지야. 모든 주들이 제각기 다른 색으로 칠해져 있는 것도 바로 그런 이유 때문이라구. 너를 속이려고 그런 것이 아니야. 오히려 네가 속지 않도록 하기 위해서 그렇게 한 거란 말이야."

하지만 이제 나는 그 문제에 대해서 더 이상 논쟁을 벌일 수가 없었다. 짐도 마찬가지였다. 짐은 고개를 설레설레 저으며 말했다.

"톰 도련님, 만일 그 망할 놈의 화가들이 얼마나 멍청한 놈들인지 아셨더라면, 도련님도 그 놈들을 예로 들기 전에 한동안 생각 좀 하셨을 거구만요. 제 말씀 좀 들어보시라구요. 그럼 도련님도 아실 테니까. 저는 언젠가 늙은 행크 윌슨의 뒷마당에서 그림을 그리고 있는 화가를 본 적이 있지요. 제가 가까이 가서 보니까, 그 늙은 얼룩소를 그리고 있더구만요. 거 뿔도 다 닳아빠진 소 있잖아요. 도련님도 제가 뭔 소를 말하는지 아실 거구만요. 그래서 제가 물었지요. 도대체 그걸 그려서 뭘 하느냐구요. 아, 그랬더니 그 자가 하는 말이 그걸 그려서 100달러에 판다는 거예요. 톰 도련님, 단돈 15달러만 주면 그 소를 살 수도 있는데 말이에요. 그래서 제가 그 자에게 그 말을 해줬지요. 도련님도 제 말이 믿기지 않으실 거구만요. 그랬더니 그 화가가 고개를 설레설레 흔들더니 그냥 계속 그림을 그리는 거예요. 세상에나, 톰 도련님, 그 놈들은 아무것도 모른다니까요."

톰은 이제 완전히 제정신이 아니었다. 말싸움을 하다가 말문이 막힌 사람이 항상 그런 반응을 보이는 법이다. 톰은 우리에게 입을 다물고 가만히 있는 편이 더 좋을 것이라고 소리쳤다. 그런데 바로 그 순간 저 멀리 아래에서 마을의 시계탑이 눈에 띄었다. 톰은 망원경을 집어 들고 자세히 살펴보았다. 그러더니 자신의 육중한 은딱지 회중시계를 꺼내 보았다가 다시 마을의 시계탑을 보았다. 그리고 또다시 자신의 회중시계를 번갈아 들여다보았다. 마침내 톰이 입을 열었다.

"정말 웃기는군! 저 시계는 거의 한 시간이나 빠른데!"

톰은 회중시계를 내려놓았다. 그리고 마을의 다른 시계를 찾아서 들여다보았다. 그것도 한 시간 정도 빠르게 가고 있었다. 톰은 어리둥절했다.

"정말 너무나 재밌는 일이야."

톰이 중얼거렸다.

"도저히 이해가 가지 않아."

그러더니 톰은 망원경을 집어들고 마을에 있는 다른 시계를 찾아보았다. 그리고 그 시계 또한 분명히 한 시간이 빠르다는 사실을 확인했다. 갑자기 톰의 눈이 휘둥그래지더니 그의 입이 딱 벌어졌다. 톰은 숨을 헐떡이며 소리쳤다.

"위-위-대한 스콧, 이건 경도 때문이야!"

너무나 겁에 질린 나는 기어들어가는 목소리로 물어보았다.

"도대체 지금 무슨 일이 벌어지고 있는 거지?"

"그러니까 말이지, 지금 무슨 일이 벌어지고 있느냐 하면, 이 낡아빠진 풍선이 일리노이주나 인디애나주나 오하이오주 따위를 지나가고 있는 게 절대 아니라는 거야. 이 풍선은 지금 펜실베이니아주 동쪽 끝이나 아니면 뉴욕 어딘가쯤을 날아가고 있는 거야!"

"톰 소여, 너 정말이니!"

"그래, 정말이야. 정말 확실하다구. 우리가 어제 오후에 세인트 루이스를 떠난 이후로 경도 15도 정도를 날아온 거야. 그러니까 저 시계들이 맞아. 우리는 거의 8백 마일 가까이 날아온 거라구."

나는 그 말을 믿지 않았다. 하지만 그 말을 듣는 순간, 등뒤로 오싹하며 한 줄기 차가운 바람이 지나가는 것 같았다. 경험을 통해서 나는 뗏목을 타고 미시시피강을 떠내려간다고 해도 최소한 2주일은 걸린다는 사실을 잘 알고 있었다.

짐은 뭔가 곰곰이 생각하며 연구하는 것 같았다. 그러더니 잠시 후에 입을 열었다.

"톰 도련님, 그러니까 저 시계들이 맞다고 하셨지요?"

"그래, 저 시계들은 맞아."

"그럼, 도련님 시계가 틀린 거네요?"

"세인트 루이스 시간으로 하면 이 시계도 맞지. 하지만 이곳 시간으로 하면 내 시계가 한 시간 늦게 가는 거야."

"톰 도련님, 그렇다면 도련님은 지금 그 시간이라는 것이 사방 어디를 가든간에 똑같지 않다고 말씀하시는 건가요?"

"그래, 모든 곳의 시간이 다 똑같은 건 아니야."

그러자 짐은 몹시 서글픈 표정을 지으며 말을 이었다.

"도련님이 그렇게 말씀하시는 걸 들으니 제 마음이 너무 슬프구만유. 톰 도련님, 이렇게 훌륭한 교육을 받으며 자라난 도련님이 그런 말씀을 하시다니 저는 정말 부끄러워 죽겠구만요. 도련님이 그런 말씀을 하시는 걸 폴리 아주머님께서 들으시면 심장이 터져 죽었을 거구만요."

톰은 몹시 충격을 받은 것 같았다. 그는 어쩔 줄 모르는 표정으로 짐을 내려다보았다. 그리고 한동안 아무 말도 하지 못했다. 짐은 신이 나서 계속 떠들었다.

"톰 도련님, 저 아래 세인트 루이스에 사람들을 가져다 놓은 게 누구신가요? 우리 주님께서 그렇게 하셨지요. 그럼 지금 우리가 있는 이곳에 사람들을 가져다 놓은 건 또 누군가요? 그것도 우리 주님이 하신 일이지유. 그렇다면 저들은 주님의 자식들이 아닌가요? 물론 주님의 자식들이지요. 당연하고말고요. 그런데 우리 주님께서 저들과 우리를 구별하신단 말씀인가요?"

"구별한다고? 나는 지금까지 그렇게 무식한 말은 생전 처음 들어본다. 이 문제는 사람을 차별하는 것과는 아무런 상관이 없는 거라구. 하나님이 너를 만드실 때, 당신의 자식들보다 너를 약간 더 검게 만드셨지. 그리고 나머지 우리들은 하얗게 만드셨어. 그렇다면 너는 이 점에 대해서는 뭐라고 할래?"

짐은 톰이 하는 말의 요점을 단박에 알아차렸다. 그는 엄청난 충격을 받은 것 같았다. 그리고 아무 말도 하지 못했다. 이번에는 톰이 의기양양해서 이야기를 계속했다.

"너도 알겠지만, 하나님이 차별을 하고 싶으실 때면 차별을 하시기도 하지. 하지만 이 경우에는 절대로 하나님이 차별하신 게 아니야. 사람이 만들어 놓은 거지. 물론 하나님이 낮과 밤을 만드셨어. 그렇지만 하나님은 시간을 발명하지는 않으셨어. 시간을 이렇게 나누어 놓지는 않으셨다구. 그건 사람이 한 거야."

"톰 도련님, 그게 정말인가요? 사람이 그걸 했단 말이에요?"

"그렇고말고."

"그렇게 할 수 있다고 누가 말해줬을까요?"

"누가 말해준 게 아니야. 물어 본 적도 없었어."

짐은 잠시 동안 곰곰이 생각하더니 다시 말했다.

"그거 정말 놀랍구만요. 저는 그런 위험한 모험은 하고 싶지 않아요. 그런데 어떤 사람들은 정말 무서운 게 없는 모양이지요? 그 사람들은 어떤 일이 일어나든 전혀 두렵지가 않은가봐요? 그래서 그 사람들이 온 사방에 시간을 한 시간씩 다르게 하라고 허락했단 말인가요, 톰 도련님?"

"한 시간이라고? 아니야! 경도가 한번씩 달라질 때마다 4분씩 달라지는 거야. 그러니까 경도가 15도 바뀔 때마다 한 시간이 달라지는 거지. 30도가 바뀌면 2시간이 달라지고 계속 그런 식으로 나가는 거야. 말하자면, 영국이 화요일 새벽 1시일 때, 뉴욕은 그 전날 밤 8시가 된다구."

짐은 조금씩 몸을 앞뒤로 흔들기 시작했다. 그가 아주 커다란 모욕을 당한 듯한 기분을 느끼고 있다는 걸 알 수 있었다. 그는 계속해서 머리를 흔들면서 뭔가 중얼거리고 있었다. 나는 조용히 그 옆으로 다가가 그의 다리를 톡톡 건드렸다. 어떻게든 그의 마음을 달래서 기분을 바꿔주려는 것이었다. 그러자 짐이 다시 입을 열었다.

"톰 도련님께서 그런 말도 안되는 소리를 하시다니! 똑같은 날에 여기서는 화요일인데 어디 다른 곳에서는 월요일이라니요! 허크, 지금은 농담할 때가 아니잖아요. 우리가 지금 이렇게 허공을 날고 있는 판에 말이에요. 하루에 이틀이 있을 수 있다는 거예요! 어떻게 도련님은 하루에 두 날이 같이 있을 수 있다고 말씀하시는 건가요? 한 시간에 두 시간이 같이 있을 수가 있나요? 그래요? 검둥이 한 명 몸 속에 검둥이 두 명이 들어갈 수도 있단 말씀인가요? 1갤런밖에 못 담는 항아리에 2갤런의 위스키를 부을 수가 있단 말씀인가요? 안되지요. 그럼 항아리가 넘치지요. 아무리 그 사람들이라 하더라도 그럴 수는 없는 거구만유. 저는 절대 못 믿겠어요. 이것 좀 보라구요. 허크, 그럼 그 사람들은 새해가 되는 화요일에는 뭐라고 말할 건가요? 도련님은 그럼, 똑같은 한날 한시에 이쪽에서는 새해가 오고 다른 한쪽에서는 아직도 지난해라고 말씀하실 건가유? 저는 요렇게 얼토당토 않은 말은 첨 들어봐요! 도저히 참을 수가 없구만요. 저를 무시해도 너무 하시는구만요!"

그러더니 짐은 몸을 부들부들 떨면서 얼굴이 잿빛으로 변했다. 그러자 톰이 기가 막힌다는 듯이 말했다.

"그래서 뭐가 문제지? 도대체 뭐가 잘못됐다는 거야?"

짐은 거의 말도 할 수 없을 지경이었다. 하지만 그는 간신히 대답을 했다.

"톰 도련님, 농담하시는 거 아니지요? 그렇지요?"

"아니야, 농담 아니라구. 사실 그대로야."

짐은 다시 몸을 부들부들 떨면서 입을 열었다.

"그렇다면 그 사람들은 월요일이 어제가 되게 만들 수도 있겠구만요. 그렇다면 영국에는 어제라는 것이 없을 테니까 죽은 자들을 불러내지도 못하겠구만요. 톰 도련님, 우리는 절대 거기로 넘어가서는 안돼요. 제발 저 사람에게 돌아가자고 말씀 좀 하세요. 저는 말이지요……."

바로 그 순간 갑자기 우리는 무언가를 보았다. 그리고 다 함께 그 자리에서 펄쩍펄쩍 뛰었다. 우리는 다른 일들은 모두 잊어버리고 오직 그것만을 열심히 바라보기 시작했다. 톰이 제일 먼저 입을 열었다.

"저건 바로……."

톰이 숨이 막힌다는 듯이 잠시 말을 멈추었다가 다시 말을 이었다.

"분명해. 확실하다구! 저건 바로 바다야!"

이 말을 들은 나와 짐 또한 숨이 막혀 아무 말도 하지 못했다. 우리 세 사람은 모두 돌처럼 굳어져서 꼼짝하지 않았다. 행복감이 온몸으로 밀려들었다. 우리 중에 지금껏 바다를 본 사람은 아무도 없다. 바다를 보게 되리라고는 꿈도 꾸지 못했다. 톰은 계속해서 중얼거렸다.

"대서양이야, 대서양이라구! 육지하고는 비교도 안 될 만큼 어마어마해! 저게 바로 바다야. 우리가 바로 그걸 보고 있단 말이야! 우리가! 아, 이 얼마나 믿을 수 없을 정도로 놀라운 일이람!"

그때 우리는 커다란 검은 연기덩어리를 발견했다. 가까이 다가갔을 때 그것이 바로 도시라는 것을 알았다. 그 도시 역시 마치 괴물 같았다. 도시 주변에는 배들이 촘촘하게 둘러서 있었다. 우리는 이것이 뉴욕이 아닐까 생각했다. 그리고 다시 이러쿵저러쿵 수다를 떨며 이 문제에 대해 입씨름을 벌이기 시작했다. 바로 그때, 우리는 처음으로 깨달았다. 우리 발 아래에 있는 이 도시를 지나서 저 멀리까지 날아가게 되면, 그때부터 우리는 바로 바다 위에 떠 있게 되는 것이다! 그리고 태풍처럼 바다 위를 떠돌아다닐 것이다. 우리는 정신이 번쩍 들었다.

기구의 뒤쪽으로 몰려간 우리는 서럽게 울부짖었다. 그리고 교수에게 제발 돌아가게 해달라고, 우리를 내려달라고 무릎을 꿇고 싹싹 빌었다. 하지만 교수는 권총을 휘두르며 우리에게 물러서라는 몸짓을 했다. 우리는 어쩔 수 없이 뒤로 물러섰다. 하지만 우리가 얼마나 끔찍한 기분이었는지 아무도 모를 것이다.

마침내 육지가 눈앞에서 사라졌다. 해안 가장자리를 따라 가느다란 검은 선만이 뱀처럼 구불구불 이어져 있을 뿐이었다. 그리고 우리 발밑에는 온통 바다뿐이었다. 바다, 검푸른 바다 —— 수백만 마일 밖으로도 오직 일렁거리며 출렁거리며 높이 치솟는 바다밖에 보이지 않았다.

파도 위로는 하얀 거품이 일고 있는 것이 눈에 보였다. 그리고 어딘가로 물살을 헤치고 달려가는 몇 척의 배만이 눈에 들어왔다.

처음에는 기구가 배의 한쪽편 위에 있더니 잠시 후에는 다른편 위를 날고 있었다. 그리고 뱃머리를 지나 고물까지 지나쳤다. 결국 오래지 않아 배조차 보이지 않게 되었다.

온 하늘과 온 바다가 전부 우리들 것이었다. 나는 그렇게 막막하고 드넓은 곳을 생전 처음 보았다. 그리고 그렇게 외로워 본 것도 생전 처음이었다.

제4장
폭풍 속에서

점점 더 외로움은 커져만 갔다. 한없이 높고 텅 빈 거대한 하늘이 끝없이 펼쳐져 있었고, 저 아래에는 아무것도 없이 그저 물결뿐인 바다가 가로놓여 있었다. 우리를 둘러싸고 있는 것은 온통 둥근 원이었다. 그곳에서는 하늘과 바다가 함께 만나고 있었다. 정말이었다. 그것은 끔찍하게 커다란 원이었다. 그리고 우리는 바로 그 원의 중심점이었다. 우리는 초원에 번지는 불길처럼 빠르게 달리고 있었지만, 달라지는 것은 전혀 없었다. 우리는 그 원의 중심을 넘어섰는지 어떤지도 알 길이 없었다. 아니, 그 원에서 단 일 인치라도 움직였는지도 알 수가 없었다. 그것은 너무나 기묘하고도 이해할 수 없는 느낌이었기 때문에 온몸에 소름이 쫙 끼쳤다.

모든 일이 너무나 놀라웠지만, 우리는 여전히 아주 나지막한 목소리로 이야기를 계속 주고받았다. 그러나 두려움과 외로움이 커질수록 점점 더 말수가 줄어들었다. 그리고 마침내

서로 할 말이 남지 않게 되었다. 우리는 그저 가만히 앉아서 짐의 말대로, 곰곰이 '생각'이나 하고 있었다. 그리고 아주 오랜 시간 동안 단 한 마디도 하지 않았다.

교수는 태양이 머리 위에 떠오를 때까지 꼼짝도 하지 않더니, 갑자기 자리에서 벌떡 일어나 눈에다 삼각형 같은 것을 갖다 대었다. 톰이 저것은 육분의라고 말했다. 그리고 기구가 어디쯤을 날아가고 있는지 태양의 위치를 통해 알아보고 있는 것이라고 설명했다. 교수는 잠깐 뭔가를 계산하더니 책을 들여다보았다. 그리고 다시 일을 계속하기 시작했다. 그 동안에도 교수는 이상한 말을 많이 지껄였다. 그 중에는 내일 오후까지 수백 마일을 더 날아갈 것이며 그때는 런던에 착륙할 것이라는 말도 있었다.

우리는 그렇게 해주신다면 너무나 감사하겠다고 입을 모아 말했다.

그때 교수는 뒤를 돌아서서 걸어가고 있었다. 하지만 우리가 그 말을 하는 순간, 갑자기 홱 돌아서더니 무시무시한 얼굴로 한동안 우리를 노려보았다. 나는 그토록 악의와 의심으로 가득 찬 얼굴은 한번도 본 적이 없었다. 그러더니 교수가 말했다.

"너희들은 나를 버리고 싶은 게지. 그걸 속이려고 하지 마라."

우리는 뭐라고 말해야 좋을지 알 수가 없었다. 그래서 입을 꾹 다문 채, 한 마디도 하지 않았다.

그는 뒤쪽으로 걸어가더니 자리에 앉았다. 하지만 머리 속에 떠오르는 말들을 참을 수가 없는 것 같았다. 가끔씩 그는 뭔가 사나운 말을 내뱉으면서 우리로 하여금 자기 말에 대답을 하게 하려고 애를 썼다. 하지만 우리는 감히 대답을 할 수가 없었다.

시간이 갈수록 더욱더 외로움이 밀려왔다. 나는 더 이상 참을 수가 없을 지경이었다. 서서히 밤이 다가오고 있었기 때문에 더욱 괴로웠다. 이따금씩 톰은 내 옆구리를 찌르며 나지막이 속삭였다.

"저거 봐!"

나는 고개를 들고 앞쪽을 슬쩍 바라보았다. 교수가 술병을 들고 술을 마시고 있었다. 나는 그런 광경은 보고 싶지 않았다. 두번째 술병을 비우기 시작한 교수는 이제 노래까지 부르기 시작했다. 주위는 완전히 어둠에 휩싸였다. 짙은 먹구름과 폭풍이 몰려오고 있었다. 교수는 더욱더 큰 소리로 노래를 계속했다. 간간이 천둥이 치기 시작했다. 세찬 바람이 몰아치자 기구와 연결된 로프들이 신음 소리를 냈다. 그것은 정말 무시무시한 광경이었다.

주위가 너무나 깜깜했기 때문에 우리는 더 이상 교수의 모습을 볼 수가 없었다. 제발 그의 목소리마저 들을 수 없게 되기를 바랐지만, 그럴 수는 없었다. 바로 그때 교수가 갑자기 조용해졌다. 십 분 정도가 지나자, 우리는 서서히 의심이 들었다. 그리고 이번에는 그의 시끄러운 노랫소리가 다시 들려오기를 간절히 바랐다. 그러면 그가 기구 안 어디쯤에 있는지 알 수 있을 것이다.

가끔씩 번개가 번뜩이기 시작했다. 그래서 우리는 자리에서 일어나려고 버둥거리는 교수의 모습을 순간순간 볼 수 있었다. 교수는 비틀거리며 자꾸만 바닥에 쓰러졌다. 우리는 어둠 속에서 그가 지르는 고함 소리를 들을 수가 있었다.

"너희들은 영국으로 가고 싶어하질 않아. 좋아! 그럼 경로를 바꾸지 뭐. 너희들은 나를 떠나고 싶어해. 나는 잘 알고 있어. 좋아. 그럼 떠나라구! 지금 당장 말이야!"

교수가 그런 말을 했을 때, 나는 당장이라도 죽을 것만 같았다. 그런데 교수는 다시 입을 다물고 조용해졌다. 너무 오랫동안 무거운 침묵이 이어지자, 나는 도저히 견딜 수가 없었다. 앞으로 두번 다시 번개가 치지 않을 것 같은 생각이 들었다. 하지만 마침내 그 고마운 번개가 찾아왔다. 교수는 바로 거기 있었다. 우리가 있는 곳으로부터 불과 4피트(122cm 정도)도 떨어지지 않은 곳에서 무릎을 바닥에 대고 기어가고 있었다. 오, 그의 눈은 너무나 끔찍하고 무시무시했다.

교수는 톰을 향해 기어가며 이렇게 소리쳤다.

"너부터 여기서 내려!"

순식간에 번갯불은 사라지고 주위에는 온통 칠흑같은 어둠뿐이었다. 나는 교수가 과연 톰을 붙잡았는지 아닌지 알 수가 없었다. 톰도 쥐죽은 듯이 아무 소리도 내지 않았다.

또다시 심장이 터질듯이 괴롭고 지루한 기다림이 이어졌다. 바로 그때 번개가 쳤다. 그리고 나는 톰의 머리가 기구 밖으로 내려가더니 사라지는 것을 보았다. 그는 뱃전에 늘어진 밧줄 사다리를 붙잡고 허공에 대롱대롱 매달려 있었던 것이다. 교수가 사나운 함성을 지르며 톰을 향해 몸을 날렸다. 그리고 순식간에 또다시 짙은 어둠이 밀려왔다. 짐은 울먹이며 소리쳤다.

"가엾은 톰 도련님, 이제 죽게 됐구만요!"

그러더니 짐은 교수를 향해 몸을 던졌다. 하지만 교수는 이미 그 자리에 없었다.

우리는 두 사람이 무시무시한 비명을 지르는 소리를 들었다. 한 소리는 그렇게 크지 않았다. 또 다른 소리는 저 아래쪽에서 들려오고 있었다. 오직 그 소리만이 들려오고 있었다. 그리고 나는 짐이 중얼거리는 소리를 들었다.

"불쌍한 톰 도련님!"

고통스런 침묵이 다시 찾아왔다. 또다시 번개가 치기까지, 대략 4천까지 숫자를 헤아릴 수 있을 정도의 시간이 흐른 것 같았다. 주위가 잠시 밝아지자, 나는 무릎을 꿇고 앉아 있는 짐의 모습을 보았다. 그는 상자 위에 팔을 올려놓고 얼굴을 푹 파묻은 채, 눈물을 흘리고 있었다. 하지만 내가 기구 가장자리를 내려다보기도 전에 또다시 깜깜한 어둠이 찾아왔다. 나는 차라리 기뻤다. 왜냐하면 그 무서운 광경을 보고 싶지 않았기 때문이었다.

하지만 또다시 번개가 쳤다. 나는 재빨리 밖을 내다보았다. 저 아래쪽에 누군가가 사다리에 매달린 채, 바람에 흔들거리고 있는 것이 보였다. 그것은 톰이었다!

"올라와!"

나는 소리쳤다.

"톰, 어서 올라와!"

그의 목소리는 너무나 희미하게 들렸다. 게다가 바람까지 사납게 불고 있었기 때문에 나는 그가 뭐라고 말하는지 도저히 알아들을 수가 없었다. 하지만 아마도 교수가 이 위에 있

느냐고 묻고 있는 것 같았다. 나는 목청껏 소리를 질렀다.

"아니야. 교수는 저 아래 바다에 빠졌어! 어서 올라와! 우리가 도와줄까?"

물론 이 모든 일들은 칠흑 같은 어둠 속에서 이루어지고 있었다.

"허크, 누구에게 소리를 지르고 있는 거지요?"

"톰에게 소리치고 있는 거야."

"오, 허크. 어떻게 그런 말을 할 수가 있어요. 가엾은 톰 도련님이 어떻게 되었는지 잘 알면서……."

갑자기 짐은 날카로운 비명을 지르며 머리를 흔들었다. 그리고 팔을 뒤로 저으면서 또다시 비명을 질렀다. 왜냐하면 바로 그때 하얀 물체가 나타났기 때문이었다. 짐이 다시 고개를 들었을 때, 눈앞에 톰의 얼굴이 있었다. 눈처럼 새하얗게 질린 톰이 기구 안으로 얼굴만 불쑥 내밀고 짐을 곧장 노려보고 있었던 것이다. 그러니 짐은 틀림없이 그것이 톰의 유령이라고 생각했을 것이다.

톰은 다시 기구 안으로 기어올랐다. 마침내 그것이 유령이 아니라 톰이라는 사실을 깨달은 짐은 그를 껴안으며 미친듯이 애정어린 이름으로 그를 불렀다. 그리고 줄곧 날뛰었다. 너무나 기뻤기 때문이었다. 나는 말했다.

"도대체 뭘 기다리고 있었던 거니? 톰, 왜 곧장 올라오지 않았던 거야?"

"허크, 그럴 수가 없었어. 누군가가 내 옆을 지나 아래로 떨어졌다는 건 알고 있었지만, 너무 깜깜한 어둠 속이라 도대체 그게 누군지 분간할 수가 없었거든. 그게 너거나 아니면 짐일 수도 있다고 생각했지."

톰 소여는 늘 이런 식이었다. 언제나 침착하고 이성적이었다. 톰은 교수가 어디에 있는지 분명히 확인을 한 뒤에야 비로소 기구 쪽으로 기어올라왔던 것이다.

그 동안에도 폭풍은 온 힘을 다해 몰아치고 있었다. 귀청을 찢을 듯이 무시무시한 천둥 소리가 울리고 사방에서 번개가 번쩍번쩍했다. 바람은 사납게 비명을 질러댔고 굵은 장대비가 쏟아져 내렸다.

한동안은 바로 눈앞에 있는 자기 손조차도 분간할 수 없을 정도로 깜깜하다가, 또 다음 순간에는 소맷자락에 붙은 머리카락까지 볼 수 있을 정도로 환하게 밝아졌다. 그리고 끝없이 넓은 바다 전체가 일렁거리며 파도가 비의 장막을 뚫고 높이 치솟아오르는 것을 볼 수 있었다.

이런 폭풍이 세상에서 가장 신나는 일일 수도 있다. 하지만 지금처럼 방향을 잃고 하늘 위를 둥둥 떠다니는 경우에는 조금도 반갑지 않은 일이었다. 몸은 비에 홀딱 젖고 마음은 말할 수 없이 외로웠다. 게다가 일행 중에 한 사람은 조금 전에 죽음을 맞이했다.

우리는 기구 안에 몸을 웅크리고 앉았다. 그리고 가엾은 교수에 대해 나지막이 이야기를 주고받았다. 우리는 모두 그의 죽음을 슬퍼했다. 그리고 그를 비웃고 그를 차갑게 대했던 세상이 안타까웠다.

교수는 자기가 할 수 있는 최선을 다해 노력했다. 교수에게는 그를 격려해 주거나 혹은 그의 마음을 다른 곳으로 돌리도록 도와줄 친구나 가족이 아무도 없었다.

기구 반대편에는 옷과 담요와 온갖 물건들이 잔뜩 쌓여 있었다. 하지만 우리는 기구 뒤편으로 다가가는 모험을 하기보다는 차라리 이곳에서 그냥 비를 맞고 있는 편이 더 낫다고 생각했다.

제 5 장
사막에 간 톰

 우리는 무엇인가 새로운 계획을 세워 보려고 노력했다. 하지만 번번이 서로 의견이 달랐다. 나와 짐은 당장 기구를 돌려서 고향으로 돌아가자고 주장했다. 하지만 톰은 날이 밝아올 때까지 잠시 기다리자고 했다. 그래야만 우리가 어디쯤을 지나고 있는지 알 수가 있을 것이라고 말했다. 혹시라도 이미 영국에 거의 다다랐다면 차라리 영국으로 가서 배를 타고 고향으로 돌아가는 편이 훨씬 더 좋다는 것이었다. 그리고 마을 사람들에게 지금껏 우리가 겪은 모험에 대해 의기양양하게 자랑하기만 하면 모든 일이 다 끝나는 것이다.

자정이 지나자, 그토록 거세게 몰아치던 폭풍도 서서히 잠잠해지기 시작했다. 그리고 밝은 달이 구름 사이로 얼굴을 내밀고 어두운 밤바다 위를 비추었다. 마음이 좀 편해지자, 참을 수 없을 정도로 졸음이 쏟아졌다. 우리는 상자 위에 길게 누워 잠을 자기 시작했다. 그리고 환한 태양이 떠오를 때까지

아무도 잠에서 깨어나지 않았다.

아침 바다는 다이아몬드를 뿌려놓은 듯이 눈부시게 반짝거렸다. 아주 청명한 날씨였다. 따스한 햇살이 비추자, 비에 흠뻑 젖었던 우리 옷과 물건들은 금방 뽀송뽀송하게 말랐다.

우리는 아침 식사거리를 찾아 기구 안을 열심히 뒤지기 시작했다. 하지만 제일 먼저 우리 눈에 띈 것은 둥그런 뚜껑 밑에서 희미한 불꽃이 빛을 내고 있는 기계 장치였다. 이것을 보자, 톰은 갑자기 걱정스러운 표정을 지으며 이렇게 말했다.

"이 기계가 뭔지 너희들도 금방 알 수 있을 거야. 이건 말이지 누군가가 계속해서 이 장치를 지켜보면서 마치 배를 조종하듯이 조종을 해주어야 하는 거야. 그렇지 않으면 이 기구는 바람이 불어오는 대로 하늘 위를 이리저리 떠돌아다니게 된단 말이야."

"그렇군."

나는 말했다.

"그렇다면 우리가……우리가 그 사건을 당한 이후로 이 기구는 어떻게 하고 있었을까?"

"물론 사방을 떠돌아다녔겠지."

톰이 몹시 걱정스러운 목소리로 말했다.

"여기저기 떠돌아다닌 거야. 의심할 것도 없어. 이 기구는 바람을 따라가고 있다구. 지금은 바람이 동서쪽으로 불고 있기는 하지만, 우리는 얼마나 오랫동안 그 바람이 불었는지 알 수 없어."

그러더니 톰은 기구를 동쪽으로 돌렸다. 그리고 우리가 아침 식사를 모두 끝낼 때까지 방향키를 잡고 있겠다고 말했다.

교수는 사람이 생활하는 데 필요한 모든 물건을 기구 안에 준비해 놓고 있었다. 어떤 배도 이보다 더 완벽하게 물건을 갖출 수는 없을 것이다. 물론 향기로운 커피나 갓 짜낸 신선한 우유 같은 것은 없었다. 하지만 마실 물이 있었고 다른 필요한 것들이 모두 다 갖춰져 있었다.

추울 때 사용할 수 있는 석탄 난로와 거기에 필요한 연료들, 파이프와 담배와 성냥, 그리고 우리에게는 별로 필요가 없었지만 포도주와 술이 있었다. 그밖에도 책과 지도와 차트, 아코디언, 모피, 담요 등이 있었으며 반짝거리는 놋쇠구슬이라든가 유리구슬 같은 쓸데없는 물건들도 많았다. 이 물건들을 보자, 톰은 교수가 틀림없이 야만인 부족을 방문할 생각을 갖고 있었다는 증거라고 말했다. 물론 돈도 있었다.

어쨌든 교수는 한동안 여행을 하기에 조금도 부족함이 없도록 모든 것을 충분히 갖추어 놓았던 것이다.

아침 식사가 끝난 후에 톰은 나와 짐에게 어떻게 기구를 조정하는지 가르쳐 주었다. 그리고 우리 세 사람이 4시간 동안 교대로 파수를 서기로 했다. 톰의 교대 시간이 끝나자, 내가 그 자리에 섰다. 그 동안 톰은 교수가 가져온 종이와 연필을 꺼내더니 고향에 있는 폴리 이모에게 편지를 쓰기 시작했다. 그동안 우리에게 일어난 일들을 모두 쓴 다음에, 날짜를 쓰더니 마지막에 이렇게 덧붙였다.

"영국을 향해 가는 웰킨에서."

편지를 작게 접은 톰은 풀로 단단히 봉했다. 그리고 발신인을 적는 난에는 커다란 글씨로 자신의 이름을 적었다.

"에로노트, 톰 소여로부터."

톰은 이 편지가 우편으로 배달되고 나면, 그 늙은 우체국장 냇 퍼슨즈는 완전히 꼬리를 내리게 될 것이라고 자신했다. 옆에서 지켜보고 있던 나는 한 가지 질문을 던졌다.

"톰 소여, 이건 웰킨 호가 아니야. 이건 그냥 기구라구."

"그래, 네 말이 맞아. 도대체 누가 이 기구를 보고 웰킨 호라고 말했다는 거지? 똑똑한 허클베리 핀?"

"어쨌든 네 편지에는 그렇게 썼잖아."

"뭐라고? 내가 그런 말을 썼다고 해서 이 기구가 웰킨 호라는 뜻은 아니야."

"그래? 하지만 나는 그렇게 생각했는걸. 좋아. 그렇다면 편지에 쓴 '웰킨'이라는 것은 뭐지?"

나는 잠깐 동안 톰이 몹시 당황했다는 것을 알아차렸다. 그는 열심히 머리를 쥐어짰지만 신통한 대답을 생각해낼 수가 없었다. 결국 톰은 이렇게 말하지 않을 수 없었다.

"나도 몰라. 사실 아무도 모를 거야. 그건 그저 말일 뿐이야. 아주 멋지고 훌륭한 이름 말이야. 그만큼 멋진 이름도 없을 걸. 과연 그렇게 멋진 이름이 또 있을지 의심스러워."

"그만해!"

내가 말했다.

"네 말은 알겠어. 하지만 도대체 그게 무슨 뜻이냐구? 내가 묻고 싶은 것은 바로 그거야."

"나도 그게 무슨 뜻인지 모르겠어. 그건 그냥 사람들이 사용하는 단어라니까. 말하자면 그건 장식물 같은 거야. 예를 들면 말이야, 사람들은 셔츠에 주름 장식을 넣곤 하잖니. 하지만 그렇다고 해서 몸이 더 따뜻해지거나 하는 것은 결코 아니

잖아? 그렇지?"

"물론 그렇지."

"그런데도 셔츠에 주름을 넣곤 하지? 그렇지?"

"그래."

"바로 그거야. 내가 쓴 편지가 셔츠라면 웰킨 호라는 말은 그 셔츠에 잡힌 주름 장식 같은 거라구."

나는 이 말을 듣고 고지식한 짐이 틀림없이 화를 참지 못할 거라고 판단했다. 과연 그랬다.

"톰 도련님, 아무리 그렇게 말씀하셔도 소용없어요. 게다가 그건 죄라구요. 도련님도 편지는 셔츠가 아니라는 걸 아시잖아요. 더구나 편지에 주름 장식 따위가 있을 리 없잖아요. 아무리 똑똑한 도련님이라고 해도 편지에 주름 장식 따위를 넣을 수는 없을 거고요. 도련님이 그런 일을 할 수 있다면, 다른 사람들도 벌써 했을 거예요."

"이런, 멍청이! 제발 입 좀 다물어! 네가 확실히 알고 있는 이야기가 나올 때까지는 끼어들지 좀 말고 기다리라구."

"아이구! 톰 도련님, 지금 제가 셔츠에 대해 아무것도 모른다고 하시는 말씀은 아니시겠지요? 하나님께서 아시겠지만, 저는 그러니까 소싯적부터 세탁소에서 셔츠를……."

"분명히 말하겠지만, 지금 내가 하는 말은 셔츠와는 아무런 관계도 없는 거야. 나는 단지……."

"톰 도련님, 하지만 방금 전에 도련님께서는 분명 도련님 입으로 그 편지가 셔츠라고 ……."

"짐! 정말 내가 미치는 꼴을 보고 싶어서 그래? 그만 조용히 좀 해. 나는 다만 비유를 한 것뿐이니까 말이야."

너무나도 친절하고 자상한 톰의 설명 때문에 한동안 짐과 나는 말문이 막혔다. 잠시 후에 짐은 도저히 참지 못하겠다는 듯 무척 조심스러운 목소리로 물었다. 톰이 상당히 화가 났다는 것을 알고 있었기 때문이었다.

"톰 도련님, 그런데 말이지요……거시기……비유……비유라는 게 뭔가요? 저는 잘 모르겠구만요."

"비유라는 것은 말이야……그러니까……그것은 말이지…… 비유란 예를 들어 설명하는 거야."

우리 얼굴을 보고 톰은 이번에도 자신의 설명이 전혀 먹혀들어가지 않았다는 걸 깨달았다. 그래서 다시 한번 시도했다.

"가령 말이지, '깃털이 같은 새들끼리 모인다'라는 속담이 있잖아? 유유상종이란 말이지. 그것이 바로 비유법을 사용한 속담인 거야."

"하지만 그건 절대 그렇지가 않거든요, 톰 도련님. 정말 그렇지가 않다니까요. 가령 말이에요, 파랑새와 어치는 절대로 깃털이 같은 새들이 아니지 않아요. 그렇지만 풀섶에 숨어서 잠시만 기다려 보세요. 그 두 놈들이 함께 다니는 걸 잡을 수가 있다니까요."

"짐! 제발 부탁이야! 이제 그만 날 좀 내버려둬! 너의 그 멍청한 머리는 세상에서 가장 단순한 사실도 이해하지 못하는 걸! 그러니까 더 이상 나를 괴롭히지 말란 말이야."

짐은 대단히 만족스러운 표정으로 입을 다물었다. 짐은 똑똑하기로 소문난 톰 도련님을 꼼짝 못하게 만들었다는 사실에 대해 말할 수 없는 기쁨을 느끼고 있는 것이 분명했다.

사실 톰이 새에 대해서 말을 꺼내는 순간, 나는 벌써 톰이 실수를 저질렀다는 것을 깨달았다. 왜냐하면 우리 세 사람 중에서 짐보다 더 새에 대해 많은 것을 알고 있는 사람은 없었기 때문이다.

짐은 지금까지 수천 수백 마리의 새를 죽였다. 그렇게 해서 새에 대해 완전히 통달하게 된 것이다. 새에 대한 책을 쓰는 사람들도 그런 식으로 연구를 한다. 그 사람들은 새를 너무나도 사랑하는 탓에, 굶주림과 피곤에 시달리면서도 온갖 험난한 역경을 다 무릅쓰고 끝까지 새로운 종류의 새들을 찾아내고 마는 것이다. 그리고 그 새를 죽인다.

사람들은 그런 사람들을 조류학자라고 부른다. 그렇다면 아마 나도 조류학자가 될 수도 있었을 것이다. 왜냐하면 나는 언제나 새들과 동물들을 사랑했기 때문이다. 심지어 조류학자 중에 한 사람이 되는 법을 배우려고 했던 적도 있었다.

언젠가 귀여운 새 한 마리가 높은 가지 위에 앉아서 머리를 앞뒤로 까딱까딱하면서 입을 쫙쫙 벌리고 노래하는 것을 본 적이 있다. 나는 아무런 생각도 없이 새를 향해 총을 쏘았던 것이다. 그러자 노랫소리가 그만 뚝 끊어지더니 새가 곧장 나뭇가지에서 떨어져 내렸다. 새는 땅바닥에 축 늘어져 있었다. 재빨리 달려간 나는 새를 집어들었다. 새는 이미 죽었지만, 아직도 내 손 안에서 따스한 온기를 느낄 수 있었다. 그리고 목이 부러진 듯이 머리가 반쯤 돌아가 있었다. 눈동자 위로는 하얀 속살이 드러나 있었고 머리 한쪽에는 피 한 방울이 묻어 있었다.

오 하나님! 나는 눈물 없이는 더 이상 그 광경을 지켜볼 수가 없었다. 그때 이후로 나는 나에게 해를 입히지 않는 한, 절대로 살아 있는 생물을 죽이지 않았다. 그리고 앞으로도 그럴 것이다. 그와 함께 조류학자가 될 수 있는 가능성도 사라져버렸다.

하지만 나는 아직도 그 웰킨이라는 것 때문에 궁금해서 견딜 수가 없었다. 그게 무엇인지 꼭 알고 싶었다. 그래서 다시 그 화제를 꺼냈다. 그러자 톰이 이번에는 최대한 친절하게 설명을 해주었다.

톰의 말에 따르면 어떤 사람이 훌륭한 연설을 했을 때, 신문에서는 흔히 사람들의 함성이 웰킨(역주 : 웰킨welkin이란 창공 혹은 하늘을 의미하는 옛말, 시에서 쓰는 말)을 뒤흔들었다고 표현한다는 것이었다. 모든 신문이 항상 그런 표현을 쓰고 있지만, 어떤 신문에도 그것이 무슨 뜻인지 밝혀놓은 신문은 없었다. 그러므로 톰은 그저 웰킨이라는 것이 바깥 어딘가 높은 곳을 의미하는 단어일 것이라고 짐작하고 있었다.

톰의 설명은 상당히 그럴 듯했다. 그래서 나는 비로소 만족스러운 표정으로 고개를 끄덕였다. 그런 내 모습을 보자, 톰도 무척 기뻐했다. 다시 기분이 좋아진 톰은 신이 나서 말했다.

"그럼, 이제 됐어. 지나간 일은 그냥 잊어버리도록 하자. 나도 웰킨이 뭔지 확실하게는 모르겠어. 하지만 우리가 런던에 도착하면, 우리 때문에 웰킨이 흔들리게 될 것은 확실하다구. 그걸 절대로 잊지 말아줘."

이 말과 더불어 톰은 '에로노트'라는 것은 기구를 타고 세계를 여행하는 사람을 말한다고 설명했다. 그리고 여행가 톰 소여보다는 에로노트 톰 소여가 되는 것이 훨씬 더 멋있게 보일 것 같아서 그런 표현을 사용했다는 것이다. 만약 우리가 무사히 이 여행을 끝낸다면, 세상 어디를 가나 그 이름을 듣게 될 것이다. 그러므로 우리는 이제 와서 여행가가 되는 것을 절대 포기할 수는 없다는 것이 그의 주장이었다.

오후가 한참 지났을 무렵이 되자, 우리는 영국에 착륙하기 위한 만반의 준비를 끝냈다. 우리는 머지 않아 벌어질 일을 생각하고 굉장히 기분이 좋았다. 그리고 몹시 자랑스러웠다. 우리는 아메리카를 발견한 콜럼버스처럼 의기양양하게 망원경을 들고 사방을 살펴보았다. 하지만 아무리 날아가도 넓고 넓은 바다 이외에는 아무것도 보이지 않았다.

헛되이 그날 오후가 지나가고 다시 태양이 저물었다. 하지만 여전히 어디에서도 육지라고는 보이지 않았다.

우리는 어떻게 된 일일까 이상하게 여겼지만, 그래도 별 문제는 없을 것이라고 생각했다. 그래서 계속 동쪽으로 키를 잡고 날아갔다. 이번에는 좀더 높이 올라가 보았지만, 깜깜한 어둠 속에서는 언덕이나 산도 볼 수가 없었다.

새벽까지는 내가 파수를 섰다. 그 다음에는 짐의 차례였다. 하지만 그 동안에도 톰은 줄곧 깨어 있었다. 왜냐하면 육지에 상륙을 할 때에는 선장이 해야 할 일이 있기 때문에 보통 때하고는 다르다는 것이었다.

마침내 새벽이 밝아왔을 때, 짐이 기쁨에 넘쳐 함성을 질렀다. 우리는 모두 자리에서 벌떡 일어나 밖을 내려다보았다. 틀림없는 육지였다. 눈에 보이는 곳은 온통 평평한 육지로 둘러싸여 있었다. 우리가 얼마나 오랫동안 이 땅 위를 날아왔는지 알 수가 없었다.

하지만 땅 위에는 마을은 물론이고 언덕이나 바위, 심지어 나무 한 그루 보이지 않았다. 그러므로 어둠 속에서 톰과 짐은 이곳을 바다라고 착각했었던 것이다. 바람 한 점 없이 거울처럼 잔잔한 바다로 생각했다. 하지만 우리는 너무 높이 날고 있었으므로 그것이 설사 거칠게 일렁이는 바다라고 할지라도, 깜깜한 어둠 속에서는 여전히 잔잔하게 보였을 것이다.

이제 우리는 마구 흥분해서 기뻐하며 날뛰었다. 그리고 망원경을 손에 쥐고 말로만 듣던 런던의 모습을 찾으려고 온 사방을 둘러보았다. 하지만 런던이라고는 그림자도 찾을 수가 없었다. 높은 건물도 보이지 않았고 강이나 호수도 없었다. 톰은 완전히 실망하고 말았다. 그는 설마 영국이 이럴 것이라고는 전혀 생각하지 못했다고 말했다. 언제나 영국도 미국과 비슷한 곳일 거라고 상상해왔다는 것이다.

톰은 먼저 아침부터 먹는 것이 좋겠다고 제안했다. 그런 다음에 땅으로 내려가서 런던으로 가는 제일 빠른 길을 물어보자고 했다. 우리는 서둘러서 아침을 해치웠다. 마음이 무척 초조했기 때문이었다.

비스듬하게 아래로 내려갈수록, 날씨가 점점 따뜻해지기 시작했다. 금방 우리는 두꺼운 털옷을 벗어 던졌다. 날씨가 계속 따뜻해지더니, 곧 참을 수 없을 정도로 더워졌다. 이제 우리는 거의 땅에 닿을 듯 가까이 도달했다. 바로 손에 잡힐 것 같았다!

우리는 땅에서 불과 30피트 정도 떨어진 곳까지 내려갔다. 모래밭도 땅이라고 부를 수 있다면 말이다. 다른 것은 아무것도 없는 순수한 모래밭이었다. 톰과 나는 사다리를 타고 땅으

로 기어내려갔다. 그리고 다리를 쭉 펴고 힘껏 달리기를 했
다. 황홀한 기분이었다. 그러니까 흔들리지 않는 땅을 밟으며
다리를 쭉 펴고 달리는 기분 말이다. 하지만 발바닥에 와닿는
모래알은 뜨거운 재처럼 느껴졌다.

　바로 그때 저 멀리에서 누군가 다가오고 있는 것을 발견했
다. 우리는 서둘러 그 사람을 향해 달려가려고 했다. 하지만
등뒤에서 짐의 다급한 고함 소리가 들려왔다. 우리가 돌아다
보니, 짐은 춤을 추듯이 손과 발을 허우적거리면서 뭐라고 소
리를 지르고 있었다.

　우리는 짐이 하는 말을 하나도 알아들을 수가 없었다. 어쨌

든 왠지 무서운 생각이 들어서, 우리는 서둘러 기구를 향해 돌아가기 시작했다. 기구 가까이 다가갔을 때 우리는 비로소 짐이 하는 말을 똑똑히 알아들을 수가 있었다. 그리고 기절할 듯이 놀랐다.

"달려요! 달려! 목숨이 아깝거든 빨리 달리라니까요! 사자가 나타났어요! 사자 말이에요! 망원경으로 그 놈을 보았다니까요! 달려요. 제발 죽을 힘을 다해 달려오란 말이에요. 사자가 쏜살같이 달려오고 있구만요. 아무도 그 놈을 막을 수 없을 거구만요."

이 말을 들은 톰은 번개처럼 달려가기 시작했다. 하지만 나는 다리가 뻣뻣하게 굳어서 잘 달릴 수가 없었다. 무서운 유령이 뒤를 쫓아오는 꿈을 꾸는 사람처럼 헛발질을 하면서 숨을 헐떡일 뿐이었다.

사다리에 먼저 도착한 톰은 한쪽 밧줄을 꽉 움켜쥐고 나를 기다렸다. 내가 간신히 사다리에 도착하자마자, 톰은 짐에게어서 기구를 공중으로 띄우라고 소리쳤다. 하지만 짐은 완전히 겁에 질려서 어떻게 하는지 잊어버렸다고 대답했다. 이제더 이상 시간이 없었다. 결국 톰이 먼저 사다리 위로 기어올라가면서 나에게 뒤를 따라오라고 소리쳤다.

어느 틈에 달려온 사자는 무시무시한 소리로 으르렁거리며사다리를 향해 달려들었다. 나는 다리가 마구 후들거렸다. 너무 무서워서 한쪽 다리를 들어 사다리를 기어올라갈 엄두조차내지 못했다. 그러다가 밑으로 굴러 떨어질까봐 두려웠기 때문이다.

하지만 톰은 기구 안으로 민첩하게 기어올라갔다. 그리고기구를 조금 위로 올라가게 했다. 사다리 끝이 땅에서 10피트나 12피트 정도 높이까지 왔을 때, 기구를 정지시켰다. 내 발밑에서는 사자가 사납게 울부짖으며 사다리를 향해 허공으로펄쩍펄쩍 뛰어오르고 있었다.

내가 보기에 사자는 거의 머리카락 하나 차이로 아슬아슬하게 사다리를 비껴나가고 있었다. 사자의 손아귀에서 벗어났다는 것은 너무나 기쁜 일이었다. 정말로 다행스러웠다. 나는안도감을 느끼며 감사하지 않을 수 없었다. 하지만 다른 한편으로 이렇게 허공에 매달린 채, 사다리를 기어오르지도 못하는 자신을 생각하니 말할 수 없이 한심하고 초라한 기분이 들었다.

한 사람이 이렇게 동시에 전혀 반대되는 두 가지 기분을 느끼기도 힘들 것이다. 하지만 별로 여러분에게 권하고 싶은 경험은 아니었다.

톰은 나에게 어떻게 도와주면 좋겠느냐고 물었다. 하지만 나는 아무 생각도 나지 않았다. 그러자 톰은 내가 그대로 사다리를 꼭 잡고 있을 수만 있다면, 사자가 없는 안전한 곳으로 기구를 이동하겠다고 말했다. 나는 만약 지금 있는 곳보다 더 높이 올라가지만 않는다면, 어떻게든 줄을 잡고 버텨보겠다고 대답했다. 하지만 더 높이 올라간다면 현기증이 나서 아래로 떨어져버리고 말 것이라고 징징거렸다.

마침내 톰이 말했다.

"그럼 꼭 잡고 있어."

기구가 서서히 출발했다.

"그렇게 빨리 가지는 마."

나는 소리쳤다.

"머리가 빙빙 도는 것 같아."

톰은 고속 열차처럼 빠르게 출발했다. 그리고 천천히 아래로 내려갔다. 우리는 사막 위에 살짝 내려앉았다. 하지만 그래도 속이 메슥거리기는 마찬가지였다. 발밑에서 소리도 없이 온 세상이 이리저리 흔들리는 것을 지켜보기란 조금도 마음 편한 일이 아니었다.

하지만 곧 엄청나게 시끄러운 소리가 들려왔다. 왜냐하면 사자가 곧 우리 뒤를 따라왔기 때문이다. 이번에는 사자의 울부짖는 소리를 듣고 다른 사자들까지 몰려왔다. 사방에서 수

많은 사자들이 사다리를 향해 몰려오는 것을 볼 수 있었다. 눈깜짝할 사이에 열두 마리의 사자들이 내 발 밑에 모여들었다. 그리고 사다리를 향해 펄쩍펄쩍 뛰어오르며 서로를 밀치면서 으르렁거렸다.

그런 식으로 우리는 계속 사막 위를 아슬아슬하게 날아갔다. 사자들은 우리로 하여금 그 모래바다를 평생토록 잊지 못하게 만들어주었다. 심지어 초대도 하지 않았는데, 다른 짐승들까지 몰려와서 으르렁거리기 시작했다.

우리는 이 계획이 처음부터 완전히 잘못되었다는 사실을 깨달았다. 이런 식으로는 끈질기게 따라오는 짐승들로부터 절대 벗어날 수 없을 것 같았다. 그렇다고 내가 영원히 사다리에 매달려 날아갈 수는 없는 일이었다. 톰은 잠시 생각을 하더니, 또 다른 묘안을 떠올렸다. 그것은 권총을 가지고 사자 한 마리를 죽인다는 것이었다. 다른 짐승들이 그 시체를 둘러싸고 싸움을 벌이는 동안, 우리는 멀리 달아날 수 있을 것이다.

기구를 가만히 정지시킨 톰은 총을 쏘았다. 잠시 후에 아래쪽에서 엄청난 소동이 벌어졌다. 우리는 기회를 놓치지 않고 재빨리 사 분의 일 마일쯤 떨어진 곳으로 달아났다. 안전한 곳에 도착하자, 짐과 톰은 내가 사다리를 기어올라오도록 도와주었다.

우리가 가까스로 그들의 손아귀에서 벗어났을 때, 그 짐승들은 다시 한번 우리 뒤를 바싹 추격해왔다. 하지만 우리가 더 이상 붙잡을 수 없을 정도로 너무 멀리 달아나버렸다는 사실을 깨닫자, 그들은 땅에 털썩 주저앉아 실망으로 가득한 표정으로 우리를 올려다보았다.

제 6 장
낙타와 캐러밴

오랫동안 사다리에 매달려 죽을 고비를 넘긴 나는 완전히 기운이 빠져 버렸다. 그저 바닥에 눕고 싶은 생각밖에는 없었다. 잠자리로 사용하는 상자 위에 푹 쓰러진 나는 한동안 축 늘어져 버렸다. 하지만 이렇게 오븐처럼 뜨거운 곳에서는 절대로 기운을 회복할 수가 없었다. 톰이 기구를 높이 띄우라는 명령을 내리자, 짐은 서둘러 기구를 출발시켰다.

일 마일 정도 위로 올라가자, 서늘한 기온을 느낄 수 있었다. 시원하고 상쾌한 바람이 알맞게 불어오고 있었다. 나는 당장 기운을 되찾았다. 톰은 말없이 자리에 앉아서 뭔가 생각을 하고 있었다. 그러더니 갑자기 벌떡 일어나 말했다.

"맹세컨대, 이제 우리가 어디에 와 있는지 분명히 알았어. 우리가 있는 곳은 사하라 사막이야. 틀림없어!"

몹시 흥분한 톰은 가만히 앉아 있지를 못하고 기구 안을 왔다갔다 했다. 하지만 나는 톰의 말을 듣고도 전혀 흥미가 생기지 않았다. 나는 심드렁한 어조로 말했다.

"그래? 사하라 사막이라고? 그런데 그 사하라 사막이라는 데가 어디지? 영국이야, 아니면 스코틀랜드야?"

"영국도 스코틀랜드도 아니야. 여긴 아프리카라구."

갑자기 짐의 눈이 휘둥그래졌다. 그리고 무한한 호기심에 가득 찬 눈길로 아래를 열심히 내려다보기 시작했다. 왜냐하면 그의 원래 조상이 태어난 곳이 바로 이곳 아프리카였기 때문이다. 하지만 나는 톰의 말을 절반도 믿지 않았다. 아니, 여러분도 아시겠지만, 도저히 믿을 수가 없었다. 우리가 그렇게 먼 곳까지 날아왔다는 사실을 믿기가 두려웠던 것이다.

하지만 톰은 자신의 발견에 의기양양해 하고 있었다. 조금 전에 본 사자와 넓은 사막이 바로 이곳이 사하라 사막임을 입증하는 확실한 증거라는 거였다. 그리고 만약 자기가 한 가지 사실만 놓치지 않았더라면, 육지를 보기 전에 이미 우리가 영국이 아닌, 어떤 다른 곳으로 가고 있다는 것을 알아차릴 수 있었을 것이라고 말했다.

우리는 그것이 무엇이냐고 물었다. 톰은 자랑스럽게 설명을 해주었다.

"이 시계들 말이야. 이것은 크로노미터라고 하는 거야. 바다를 항해할 때에는 항상 이 시계들을 살펴봐야 해. 이 시계를 가지고 위치를 알 수 있으니까 말이야."

나와 짐은 입을 딱 벌린 채, 톰의 설명을 듣고 있었다.

"이 시계들 중에 하나는 그리니치 시간에 맞춰져 있고 다른 시계는 세인트 루이스 시계에 맞추어져 있어. 내 시계처럼 말이야. 우리가 세인트 루이스를 떠났을 때는 내 시계와 이 시계에 의하면 오후 4시였지. 그리고 그리니치 시계는 밤 10시를 가리키고 있었어. 그런데 이 계절에 이 시기쯤 되면 태양은 대략 7시 정도에 떠오른단 말이야. 어제 저녁에 내가 태양이 지는 시간을 유심히 살펴보니까, 그리니치 시계로 5시 30분이더군. 그리고 내 시계와 이 시계는 아침 11시 반을 알리고 있었어."

톰이 시계를 손으로 가리켰다.

"너도 알겠지만, 세인트 루이스에서 태양은 내 시계에 따라 떠오르고 지게 되어 있지. 그리고 그리니치 시계는 그보다 6시간이 빠르단 말이야. 하지만 우리는 동쪽으로 너무 멀리 왔기 때문에, 태양은 그리니치 시계를 기준으로 한 시각보다 불과 30분 정도 늦게 떠오르고 있어. 내 시계는 4시간 반 이상이 느리고 말이야. 그러니까 내 말은 우리가 경도상으로는 아일랜드에 가까이 다가가고 있었다는 거야. 물론 제대로 방향만 잡았다면 우리는 벌써 아일랜드에 도착했어야만 해. 그런데 아일랜드는 나타나지 않았어."

톰은 신이 나서 말을 멈추지 않았다.

"그래, 우리는 줄곧 이리저리 떠돌아다닌 거야. 동남쪽 방향으로 계속 떠내려왔어. 그리고 내 생각에 의하면 이곳 아프리카까지 오게 되었지. 이 지도를 봐. 아프리카의 어깨 부분이 서쪽으로 얼마나 삐쭉 튀어나왔는지 말이야. 그리고 우리가 달려온 속도를 생각해 보라구. 만약 동쪽으로 곧장 날아왔다면 우리는 이미 오래전에 영국을 지나쳤어야만 했어. 내 말이 믿기지 않는다면, 나중에 정오가 되기를 잘 기다렸다가 자리에서 일어서 봐. 땅 위에 그림자가 전혀 생기지 않을 때, 이 그리니치 시계가 정확히 정오를 가리키고 있다는 것을 발견할 거야. 그래, 나는 우리가 아프리카에 왔다고 생각해. 그건 아주 확실하다구."

그 동안에도 짐은 톰의 열성적인 설명에는 전혀 아랑곳하지 않고 계속해서 망원경으로 아래를 내려다보고 있었다. 갑자기 그는 머리를 설레설레 흔들면서 말했다.

"톰 도련님, 뭔가 실수를 한 게 틀림없어요. 여긴 아프리카가 아니라니까요. 검둥이라고는 한 명도 보이지 않는데요."

"검둥이는 없어. 그들은 사막에서 살지 않으니까. 그래서 그런 거야. 나에게 망원경을 줘봐."

톰은 망원경을 통해 저 먼 곳까지 살펴보았다. 그리고 사막 위에 뭔가 검은 줄 같은 것이 길게 뻗어 있다고 말했다. 하지만 아직까지는 그것이 무엇인지 알 수가 없다고 했다.

"좋아."

내가 입을 열었다.

"내 생각에는 드디어 이 기구가 어디까지 왔는지 알아낼 수 있는 좋은 기회가 온 것 같아. 왜냐하면 저 선이 네가 자오선이라고 부르는 이 지도에 나타난 그 선들과 꼭 같지는 않은 것 같으니까 말이야. 아래로 내려가서 숫자를 찾아보자. 그러면……."

"오, 이런 멍청이! 허클베리 핀! 너 같은 돌대가리는 정말 처음 본다. 너는 이 지도에 그려져 있는 자오선이 정말로 땅위에도 그려져 있을 거라고 생각하니?"

"톰 소여, 지도에 그렇게 나와 있잖니. 자, 봐! 여기 지도에 나와 있고 너도 네 눈으로 똑똑히 보고 있잖아."

"물론 지도에 표시되어 있기는 하지. 하지만 그건 아무것도 아니야. 땅 위에는 아무것도 없다구."

"톰, 네 말이 확실한 거니? 그런 게 분명해?"

"확실해. 분명하다니까."

"그래, 그렇다면 또다시 지도가 거짓말을 한 셈이구나. 나는 지도처럼 지독한 거짓말쟁이는 처음 본다."

이 말을 들은 톰은 화가 나서 길길이 날뛰었다. 하지만 이번에는 나도 마음의 준비를 하고 있었다. 짐 또한 나름대로 자기 생각을 이야기할 태세를 갖추고 있었다.

만약 바로 그때 톰이 바닥에 망원경을 떨어뜨리며 마치 미친 사람처럼 박수를 치고 노래를 부르지 않았더라면, 우리는 또다시 이 문제를 두고 격렬한 논쟁에 들어갔을 것이다.

"낙타야! 낙타!"

나는 재빨리 망원경을 집어들었다. 짐 또한 열심히 아래쪽을 살펴보았다. 하지만 나는 몹시 실망하며 말했다.

"이런 허풍쟁이. 낙타라고? 저건 거미잖아."

"멍청이, 사막에 거미가 어디 있어? 게다가 거미가 저렇게 줄을 지어서 걸어가는 거 봤어? 넌 생각이라는 걸 해 본 적이 없어. 허클베리 핀, 나는 정말 네가 뭔가를 생각할 줄이나 아는지 의심스럽다. 너는 지금 우리가 땅에서부터 일 마일이나 높이 떠올라 있다는 걸 모른단 말이니? 게다가 저기 구불거리는 저 선이 2마일이나 3마일 밖에 있다는 것도? 그렇다면 네 말은 황소만큼이나 커다란 거미가 있다는 뜻이잖아? 하지만 저건 낙타야. 저 사람들은 캐러밴(역주 : 사막이나 초원 등지에서 낙타나 말에 짐을 싣고 떼를 지어서 먼 곳으로 다니며 특산물을 사고 파는 상인의 집단)이고 말이야. 그게 바로 사실이라구. 일 마일이나 길게 이어지는 낙타 행렬 말이야.”

“글쎄, 그렇다면 아래로 내려가서 살펴보자. 나는 그 말을 못 믿겠어. 내 눈으로 직접 보고 확인할 때까지는 믿지 않을 거야.”

“좋아!”

톰이 명령을 내렸다.

“더 밑으로 하강하라.”

우리는 비스듬하게 뜨거운 열기 속으로 내려왔다. 톰의 말대로 분명히 그것은 낙타였다. 끝없이 줄지어 늘어선 낙타가 사막 위를 터벅터벅 걸어가고 있었다. 등에는 짐꾸러미가 묶여져 있었다.

그 옆에는 하얗고 긴 외투를 입은 수백 명의 사람들이 걸어가고 있었다. 머리에는 술과 장식이 늘어진 숄 같은 것을 두르고 있었다. 그들 중에 어떤 사람은 긴 총을 가지고 있었고 어떤 이들은 총이 없었다. 또 어떤 이들은 말을 타고 가고 어떤 이들은 걸어가고 있었다.

사막 위는 그야말로 푹푹 찌는 찜통과도 같았다. 그들은 얼마나 느릿느릿 기어가고 있었는지! 우리는 순식간에 급강하를 해서 그들의 머리 위에서부터 불과 백 야드쯤 떨어진 곳에 멈추어섰다.

그러자 수백 명의 사람들이 일제히 함성을 지르기 시작했다. 어떤 이들은 땅에 납작 엎드리고 또 어떤 이들은 우리를 향해 총을 쏘아댔다. 다른 사람들은 비명을 지르며 이리저리 흩어졌다. 낙타들도 마찬가지였다.

우리는 우리 때문에 공연히 소동이 일어났다는 사실을 깨달았다. 그래서 얼른 일 마일 정도 위로 올라왔다. 우리는 서늘한 공기 속에서 그들의 모습을 지켜보았다. 그들이 다시 행렬을 이루고 떠날 채비를 갖추는 데에는 한 시간 정도가 걸렸다. 캐러밴들은 곧 멀리 사라졌다. 하지만 우리는 망원경을 통해서 그들이 여전히 우리를 무척 경계하며 가고 있다는 사실을 알 수 있었다.

우리는 망원경을 통해 계속해서 캐러밴의 모습을 내려다보았다. 얼마 후에 커다란 모래 언덕이 나타났다. 그 반대편에는 사람 같은 것이 있었다. 그리고 언덕 꼭대기에도 사람처럼 보이는 무언가가 있었다. 그 사람은 이따금씩 머리를 치켜들고 사방을 살펴보고 있었다. 캐러밴이나 우리를 감시하고 있는 것처럼 보였다. 하지만 어느 쪽을 경계하는 것인지 알 수가 없었다.

캐러밴이 더욱 가까이 다가오자, 그는 반대편 모래 언덕 아래로 기어내려갔다. 그리고 말을 타고 기다리고 있는 다른 사람들을 향해 쏜살같이 달려갔다. 곧이어 기마 소방대처럼 말을 탄 한 무리의 사람들이 몰려왔다. 한 손에 창이나 장총을 든 그들은 일제히 목청껏 소리를 질러댔다.

그들은 캐러밴을 향해 무시무시한 기세로 돌진했다. 순식간에 양편의 사람들이 뒤섞이면서 격렬한 싸움이 벌어졌다. 그렇게 온 사방에서 요란하게 터지는 총소리는 한번도 들어본 적이 없었다. 자욱하게 덮여 있는 연기 사이로 서로 뒤엉켜 싸우는 사람들의 모습이 잠깐 잠깐씩 보였다. 거의 육백 명이 넘는 사람들이 전투를 벌이고 있었다. 그것은 정말 보기 끔찍

한 광경이었다.

그들은 몇 명씩 무리를 이루어 물어뜯고 할퀴면서 싸움을 벌였다. 어떤 이들은 이리저리 정신없이 돌아다니다가 결국 다른 사람들처럼 땅에 쓰러지기도 했다. 연기가 걷힐 때마다, 사방에 흩어져 있는 부상자들과 사망자들 그리고 낙타들이 눈에 보였다. 살아남은 낙타들은 사방팔방으로 달아나기에 바빴다. 싸움은 좀처럼 끝나지 않을 것 같았다.

마침내 도저히 이들을 이길 수 없다는 것을 깨달은 강도들은 대장이 신호를 보내자, 일제히 그 자리를 떠났다. 그리고 넓은 사막 어딘가로 사라져 버렸다. 그런데 제일 마지막에 남은 한 사람이 어린 아이를 나꿔채더니 가슴에 안은 채, 말을 타고 도망쳐버렸다.

어머니로 생각되는 한 여자가 비명을 지르며 필사적으로 그에게 매달렸다. 그리고 사막 너머까지 그의 뒤를 쫓아갔다. 여자는 함께 가던 일행과 아주 멀리 떨어진 곳까지 따라갔다. 하지만 아무런 소용이 없었다. 여자는 아기를 포기해야만 했다.

우리는 모래 위에 털썩 주저앉아 두 손에 얼굴을 파묻고 있는 여자의 모습을 지켜보았다. 참으로 가슴 아픈 광경이었다. 바로 그때, 톰이 기구를 움직이더니 아이를 납치해서 달아나고 있는 야만인을 향해 돌진하기 시작했다.

눈깜짝할 사이에 아래로 내려온 우리는 위에서부터 와락 그를 덮쳤다. 그는 말안장에서 굴러 떨어져 내렸다. 아기와 함께 말 위에 있던 물건이 모두 떨어졌다. 그 야만인은 상당히 큰 부상을 입은 것 같았다. 하지만 부드러운 모래 위에 떨어

진 아이는 다행히도 무사했다.

아기는 마치 뒤집어진 벌레처럼 등을 땅에 댄 채, 손과 발을 허공에 대고 열심히 버둥거리고 있었다. 남자는 영문을 모르는 채, 비틀거리며 말 위에 다시 올라탔다. 그는 도대체 무엇이 자신을 쓰러뜨렸는지도 모르고 있었다. 남자가 다시 정신을 차렸을 때쯤에는 우리는 이미 3, 4백 야드 공중으로 올라가 있었기 때문이다.

우리는 어머니가 곧 달려와서 아기를 데려갈 것이라고 판단했다. 하지만 여자는 꼼짝도 하지 않았다. 망원경을 통해 살펴보니, 아기의 어머니는 여전히 그 자리에 털썩 주저앉아 무릎 사이에 머리를 파묻고 있었다. 그 여자는 방금 전에 벌어진 일을 보지 못한 것이 틀림없었다. 그리고 남자와 함께 자신의 아기가 깨끗이 사라져버렸다고 생각할 것이다.

여자는 일행으로부터 거의 반 마일 정도 떨어진 곳에 있었다. 그러므로 우리는 우리가 직접 밑으로 내려가도 괜찮겠다고 생각했다. 아기가 있는 곳은 여자가 있는 곳에서부터 사분의 일 마일 정도 떨어져 있었다. 캐러밴 일행이 우리를 쫓아와 어떤 해를 입히기 전에 아기를 살짝 여자에게 데려다 주면 아무 문제가 없을 것이다. 게다가 캐러밴 일행은 한동안 부상자들을 수습하는 일만으로도 정신없이 바쁠 것이라는 생각이 들었다.

우리는 좋은 기회를 잡았다고 생각했고, 실천에 옮겼다. 재빨리 아래로 내려간 우리는 기구를 멈추었다. 짐이 사다리를 타고 내려가서 날쌔게 아기를 안아 올렸다. 아주 사랑스럽고 포동포동한 갓난아기였다. 그토록 격렬한 전투에서 막 빠져

나와 말 위에서 떨어지기까지 한 것을 생각하면, 신기할 정도로 평화로운 얼굴이었다.

아기 엄마가 있는 곳을 향해 출발한 우리는 엄마의 등뒤에 기구를 멈추었다. 그리고 아슬아슬할 정도로 가까이 다가갔다. 짐은 살그머니 기구에서 내려가 소리없이 기어갔다. 짐이 그녀의 등뒤까지 다가갔을 때, 아기가 응애 하고 소리를 냈다. 이 소리를 들은 아기 엄마는 몸을 홱 돌리더니 기쁨의 함성을 질렀다. 그리고 펄쩍 뛰어서 아기를 빼앗아 품에 꼭 껴안았다. 곧 아기를 땅에 내려놓은 여자는 짐을 껴안더니 황금 목걸이를 벗어 짐의 목에 걸어 주었다. 그리고 다시 짐을 껴안더니 다시 아기를 껴안았다. 여자는 그 동안에도 줄곧 눈물을 흘리며 환한 미소를 짓고 있었다.

짐은 다시 사다리를 타고 기구 안으로 돌아왔다. 순식간에 우리는 하늘 위로 날아올랐다. 여자는 머리를 잔뜩 뒤로 젖히고서 정신없이 우리를 올려다보았다. 아기는 두 팔로 엄마의 목을 꼭 껴안고 있었다. 여자는 우리가 하늘 높이 날아가 눈에 보이지 않게 될 때까지 계속해서 그 자리에 서 있었다.

제 7 장
아라비안 나이트

"정오다!"

톰이 소리쳤다. 그리고 그가 말한 일이 벌어졌다. 그의 그림자는 겨우 발밑에 한 점정도로 나타날 뿐이었다. 우리는 시선을 돌렸다. 그리니치 시계는 한치의 오차도 없이 정확히 열두 시를 가리키고 있었다. 톰은 런던이 우리가 있는 곳에서부터 곧바로 북쪽에 있든지 아니면 남쪽에 있다고 말했다. 그리고 날씨와 사막과 낙타로 미루어보건대, 북쪽에 있는 것이 틀림없다고 추측했다. 북쪽으로 상당히 멀리 떨어져 있다는 것이었다. 그것은 뉴욕에서부터 멕시코시만큼이나 먼 거리였다.

짐은 이 기구야말로 이 세상에서 가장 빨리 달리는 물건인 것 같다고 말했다. 야생 비둘기 같은 새나 혹은 기차를 제외한다면 말이다.

하지만 톰이 영국의 기차는 한 시간에 거의 백 마일까지도 달린다는 기사를 읽었다고 말했다. 이 세상에 그렇게 빨리 달릴 수 있는 새는 한 마리도 없다는 것이었다. 단 하나 벼룩을 제외한다면 말이다.

"벼룩이라구요, 톰 도련님? 그렇지만 그 놈은 새가 아닌데요. 분명히 말하자면…….

"벼룩이 새가 아니라고? 그래? 그럼 그게 뭐지?"

"저도 정확히는 모르겠어요. 하지만 톰 도련님, 그 놈이 그저 짐승인 것만은 분명히 말씀드릴 수 있구만요. 아니, 생각해보니 그런 것도 아닌 것 같구만요. 그 놈은 짐승이라고 하기에는 너무 작지요. 그럼 그냥 벌레인 게 틀림없어요. 그래요, 그 놈은 그러니까 벌레예요."

"맹세하지만 그 놈은 벌레가 아니야. 하지만 어쨌든 그건 그렇다고 치고, 벼룩이 새가 아닌 두번째 이유는 뭐지?"

"두번째 이유는 말씀이지요, 그러니까 새란 것은 말이지요, 아주 멀리 날아가는 짐승이지요. 하지만 벼룩은 아니지요."

"아니라고? 아니란 말이야? 자, 내 말을 들어봐. 도대체 먼 거리라는 것이 뭐지? 혹시 알고 있어?"

"글쎄요. 그냥 마일 아닌가요? 몇 마일 말이지요. 누구나 다 알잖아요."

"사람은 몇 마일을 걸어갈 수 없어?"

"당연히 갈 수 있지요."

"기차만큼 멀리 갈 수도 있어?"

"그렇지요. 시간만 준다면요."

"벼룩은 그럴 수 없고?"

"글쎄요. 저는 그렇게 생각하는구만요. 벼룩에게도 시간만 많이 준다면야…….

"이제 겨우 알아듣기 시작하는군. 그러니까 그 거리라는 것이 결코 판단의 기준이 될 수 없다는 것을 말이야. 중요한 것은 똑같은 거리를 얼마나 짧은 시간 동안에 가느냐 하는 것이라구. 그렇지 않아?"

"글쎄요. 그렇게 볼 수도 있겠네요. 하지만 저는 지금 무슨 소린지 잘 모르겠구만요, 톰 도련님."

"이것은 비율의 문제야. 바로 그게 문제라구. 만약 크기에 비례해서 각각의 속도를 측정하기로 하고, 네가 말하는 새와 인간과 기차와 벼룩을 견주어 본다면 어떻게 될까? 이 세상에서 가장 빨리 달리는 인간도 한 시간에 십 마일 이상을 달릴 수는 없어. 자신의 몸 길이의 불과 만 배도 넘지 못하는 거리이지. 하지만 모든 책들이 한결같이 전하는 바에 따르면, 벼룩은 한번에 자기 몸길이의 백오십 배를 뛰어오를 수 있다는 거야. 게다가 일 초에 다섯 번이나 뛰어오를 수가 있어. 그러니까 단 일 초 만에 자기 몸길이의 칠백오십 배를 뛰어오를 수 있는 거라구. 벼룩은 정지와 도약을 동시에 할 수 있기 때문에, 재도약을 하기 위해 동작을 멈추거나 하면서 시간을 낭비할 필요가 없단 말이야. 벼룩을 잡으려고 손가락을 내밀어 보라구. 그러면 당장 그 사실을 알 수 있을 거야. 하지만 지금까지의 이야기는 그저 평범하고 흔한 삼류 벼룩의 실력이 그렇다는 거고, 일류 벼룩 아이탈리안의 예를 들어보자구. 이 벼룩은 평생동안 귀족의 애완동물로 살았는데, 배고픔이라든가 병이라든가 위험 따위를 전혀 모르고 살았다는 거야. 그런데 이 벼룩은 자기 몸 길이의 삼백 배 이상을 뛰어오를 수 있었어. 그것도 하루 종일 말이야. 그리고 일 초에 다섯 번이나 뛰

어오를 수 있었는데, 말하자면 일 초에 자기 몸 길이의 천오백 배를 뛴 셈이야. 만일 사람이 일 초에 자기 몸 길이의 천오백 배를 뛰어오를 수 있다고 가정해봐. 그러니까 일 마일 하고도 절반을 말이야. 그렇게 따지면 일 분에 90마일을 달릴 수 있다는 결론이 나오는데, 이것은 한 시간에 5백 마일을 달리는 것과는 비교도 할 수 없이 먼 거리지. 거기에 비하면 짐이 말하는 인간이나 새, 기차 그리고 기구 따위는 얼마나 멀리 달릴 수 있지? 오, 세상에! 그런 것들은 벼룩과 상대도 할 수 없어. 벼룩이야말로 쏟아지는 혜성과 같은 엄청난 존재라구."

짐은 상당히 충격을 받은 것 같았다. 나도 마찬가지였다. 마침내 짐이 겨우 입을 열었다.

"지금 그 말이 정말로 틀림없는 사실인가요? 농담이나 거짓말이 아니지요, 톰 도련님?"

"그래, 사실이야. 틀림없는 사실이라구."

"이런, 세상에. 이런 일이 있나. 그렇다면 사람은 벼룩을 존경해야겠구만요. 지금까지 사실 저는 벼룩을 눈곱만큼도 중요하게 생각하지 않았구만요. 하지만 그래서는 안되겠네요. 벼룩은 존경을 받을 만한 자격이 있네요. 그렇고말고요."

"맹세코 말하지만, 벼룩은 존경받아 마땅해. 벼룩은 아주 예민한 감각과 두뇌를 지니고 있을 뿐 아니라, 몸의 크기에 비한다면 상당히 똑똑하다고. 이 세상에 다른 어떤 동물보다도 말이야. 사람은 벼룩에게 많은 걸 가르칠 수 있어. 게다가 이 세상 어떤 동물보다도 더 빨리 배운다니까. 벼룩은 말을 맨 작은 마차를 끄는 법을 배울 수 있고 시키는 대로 이쪽이나 저쪽 길로 방향을 조절할 수도 있어. 병사들처럼 행진을 하거나 땅을 팔 수도 있지. 그것도 병사들처럼 단 한치의 오차도 없이 명령에 따라 아주 정확하게 한단 말이야. 그 외에도 온갖 종류의 힘들고 어려운 일들을 배울 수가 있어. 만약 자그마한 벼룩을 거의 인간의 크기만큼 키울 수만 있다면, 그리고 몸의 크기에 따라서 벼룩이 원래 타고난 지능을 성장시킬 수만 있다면, 인간이 그 앞에서 명함이라도 내밀 수 있을 것 같아? 아마 벼룩이 미국의 대통령이 되었을 거야. 벼락이 치는 것은 막을 수 있을지 몰라도 그 일만큼은 어느 누구도 절대 막을 수 없을 걸."

"오, 세상에! 톰 도련님, 저는 그 놈들이 그렇게 대단한 짐승인 줄 몰랐구만요. 정말이에요. 저는 꿈도 꾸지 못했어요."

"몸의 크기에 비례하여 따져볼 때, 벼룩은 이 세상의 다른 어떤 생물들, 인간이나 짐승들보다 훨씬 더 뛰어난 능력을 지니고 있어. 세상에서 가장 흥미로운 동물이라고 할 수 있지. 사람들은 개미나 코끼리, 자동차의 힘에 대해서는 이런저런 말들을 많이 하지만, 벼룩에 대해서는 언급조차 하지 않아. 멍청한 것들! 벼룩은 자기 몸무게의 2백 배 내지 3백 배 정도를 들어 올릴 수가 있어. 다른 동물들은 벼룩 근처에도 갈 수 없지. 게다가 자기만의 특별한 생각을 가지고 있어서 벼룩은 절대로 바보 취급할 수 없다구. 그게 그의 본능이든 혹은 판단력이든지간에, 어쨌든 완벽하게 합리적이고 명백해서 절대로 실수를 저지르는 법이 없어. 사람들은 벼룩의 눈에 모든 인간들이 다 비슷 비슷하게 보일 거라고 생각하지. 천만의 말씀! 아무리 배가 고파도 벼룩이 절대로 가까이 가지 않는 사람들이 있어. 바로 내가 그런 사람들 중에 하나야. 나는 평생 몸에 벼룩 한 마리 가져본 적이 없다구."

"톰 도련님!"

"정말이야. 농담이 아니라구."

"세상에나! 저는 지금까지 이런 말은 들어본 적도 없구만요."

짐은 톰의 말을 도저히 믿을 수가 없었다. 나도 마찬가지였다. 그래서 우리는 직접 실험을 해서 알아보기로 했다. 톰의 말이 맞았다. 수천 번을 되풀이해도 벼룩은 나와 짐을 향해 다가올 뿐, 톰에게는 한 마리도 가지 않았다. 설명이 되지 않았다. 하지만 그것이 사실이었다. 톰은 언제나 그랬었다고 말했다. 그리고 당장 벼룩이 수백 마리 있는 곳에 자신을 데려가 보라고 했다. 아무리 그래도 벼룩은 그의 몸에 손가락 하나 대지 않으리라는 것이었다.

우리는 몸이 얼어붙을 정도로 차가운 높이까지 올라가서 한동안 머물러 있다가 다시 따뜻한 공기 속으로 내려오곤 했다. 그리고 한 시간에 20마일이나 혹은 25마일 정도를 천천히 날아갔다. 지난 몇 시간 동안 우리는 똑같은 일을 되풀이하고 있었다. 왜냐하면 평화롭고 장엄한 사막에 더 오래 머무르면 머무를수록, 조급하고 초조한 마음은 점점 사라지고 우리는 더욱더 행복하고 만족스럽고 흡족한 기분이 되었던 것이다. 우리는 갈수록 사막이 좋아져서 결국에는 사랑하게 되었다.

그러므로 우리는 거의 기어가듯이 느린 속도로 날아가고 있었던 것이다. 이 순간이야말로 가장 고귀하고 평화롭고 느긋한 시간이었다. 때로는 망원경을 통해 주위를 살펴보기도 하고 때로는 상자 위에 길게 누워 책을 읽기도 하고 때로는 낮잠을 자기도 했다.

이제 우리는 어떻게든 육지를 찾아 상륙을 하려고 안달을 하던 바로 그 사람들 같지 않았다. 사실 우리는 얼마나 불안해 했던가! 하지만 그런 생각은 완전히 떨쳐버렸다. 깨끗이 잊어버린 것이다. 우리는 기구에 익숙해져서 더 이상 두렵지가 않았다. 오히려 기구 이외에 다른 곳에는 절대 가고 싶지 않았다. 기구가 마치 고향처럼 여겨졌다. 마치 내가 이 안에서 태어나서 자란 것 같았다. 짐과 톰도 나와 똑같은 말을 했다.

내 주위에는 항상 보기 싫은 사람들이 있었다. 그들은 나를 괴롭히고 성가시게 하고 야단치고 잘못을 꼬집고 잔소리를 하며 귀찮게 하고 내 뒤를 따라다니며 감시했다. 그리고 언제나 내가 하고 싶지 않은 일만 골라서 나에게 이런저런 일을 하도록 시켰다. 그 사람들은 내가 빈둥거리고 좋지 않은 일만 하려 한다면서 온종일 나를 볶아댔다.

하지만 이 하늘 위에서는 모든 것이 너무나 고요하고 따스하고 사랑스러울 뿐이었다. 먹을 것은 충분했고 잠도 실컷 잘 수 있었으며 신기한 구경거리도 많았다. 게다가 잔소리를 하거나 귀찮게 구는 선량한 사람들도 없었다. 그저 언제나 휴일과도 같았다. 육지라니! 나는 더 이상 서둘러 육지와 문명 세계로 되돌아갈 생각이 없었다.

문명 세계의 가장 나쁜 점들 중에 하나가 바로 온갖 골치 아픈 문제를 담은 편지를 가져와서 그 이야기를 다 전해주고 사람 기분을 상하게 한다는 것이다. 게다가 신문이라는 것은 온 세상 모든 사람들의 불행을 다 전달해준다. 그래서 거의 온종일 사람의 마음을 무겁고 불안하게 만드는 것이다. 사람에게 그것은 정말로 무거운 짐이 아닐 수 없다.

나는 신문이 정말 싫다. 편지도 싫다. 만약 내 마음대로 할 수만 있다면, 이 세상 어느 누구도 자신이 당한 불행을 잘 알지도 못하는 다른 사람들에게 전달하지 못하도록 할 것이다. 심지어 지구 반대편에 있는 사람들에게까지 전달한다는 것은 너무 지나친 일이다. 어쨌든 이 기구를 타고 있으니, 그런 걱정을 할 필요가 없었다. 그러므로 이 기구야말로 이 세상에서 가장 멋진 장소가 아닐 수 없었다.

우리는 저녁을 먹었다. 그리고 세상에 태어난 뒤로 가장 아름다운 밤을 맞이했다. 밝은 달이 환한 대낮처럼 주변을 비추고 있었다. 다만 달빛이 좀더 부드러울 뿐이었다. 우리는 사자 한 마리가 홀로 서 있는 것을 보았다. 이 넓은 세상에 오직 그 사자 한 마리 이외에는 아무도 살고 있지 않은 것처럼 보였다. 사자의 그림자가 모래 위에 잉크 웅덩이처럼 짙게 드리워져 있었다. 달빛이 만들어낸 풍경이었다.

우리는 주로 바닥에 드러누워서 이야기를 나누었다. 좀처럼 잠이 오지 않았다. 톰은 우리가 바로 아라비안 나이트를 지나고 있는 중이라고 말했다. 그리고 지금 여기가 『아라비안 나이트』 책 중에서도 가장 흥미로운 사건이 벌어졌던 장소라고 했다. 톰이 이야기를 계속하는 동안, 짐과 나는 재빨리 아래를 내려다보며 주위를 살펴보았다. 왜냐하면 책 속에 등장하는 장소를 구경하는 것만큼 흥미로운 일은 없었기 때문이다.

그것은 낙타를 잃어버린 낙타 몰이꾼에 대한 이야기였다.

낙타 몰이꾼이 사막을 가다가 한 사람을 만났다. 그리고 말했다.

"혹시 오늘 길 잃은 낙타 한 마리를 못 보셨습니까?"

그 남자가 대답하기를,

"왼쪽 눈이 먼 낙타 말입니까?"

"그렇습니다."

"위쪽 앞니가 빠졌습니까?"

"그렇습니다."

"뒷다리를 절고 있습니까?"

"그렇습니다."

"한쪽에는 곡식을 싣고 다른 한쪽에는 꿀을 싣고 있군요?"

"그렇습니다. 더 이상 자세히 설명할 필요가 없겠군요. 바로 그 낙타입니다. 저는 지금 몹시 바쁩니다. 도대체 그 낙타를 어디서 보셨습니까?"

"나는 한번도 보지 못했습니다."

그 남자가 대답했다.

"낙타를 못 보았다구요? 그런데 어떻게 그 낙타를 그토록 자세하게 설명할 수가 있는 거죠?"

"사람이 눈을 잘 사용하는 법을 배운다면, 모든 것에 의미가 있다는 사실을 알게 됩니다. 하지만 대부분의 사람들은 눈을 제대로 사용할 줄 모르지요. 나는 발자국을 보고 낙타가 지나갔다는 것을 알 수 있었습니다. 그리고 그 낙타가 뒷발을 절고 있다는 사실도 알았습니다. 그쪽 발을 조심하며 살살 밟고 지나갔기 때문이죠. 발자국을 보면 알 수 있습니다. 왼쪽 눈이 멀었다는 사실도 알 수 있었지요. 왜냐하면 오른쪽에 있는 풀만 뜯어먹었기 때문입니다. 낙타의 윗쪽 앞니가 없다는 사실은 그의 이빨 자국이 남아 있는 풀을 보고 알 수 있었습니다. 개미를 보고 한쪽 짐에서는 곡식이 흘러나왔다는 것을 알았고, 몰려든 파리를 보고 다른 한쪽에서는 꿀이 새어나왔다는 것을 짐작할 수 있었죠. 그러니 당신 낙타에 대해서는 모든 걸 다 알 수 있었습니다. 하지만 직접 본 적은 없답니다."

이야기가 끝나자, 짐이 입을 열었다.

"계속하셔요, 톰 도련님. 거참 정말 좋은 이야기구만요. 게다가 아주 재미있어요."

"그게 끝이야."

톰이 말했다.

"끝이라고요?"

짐이 깜짝 놀라며 물었다.

"그럼 그 잃어버린 낙타는 어떻게 됐지요?"

"나는 몰라."

"톰 도련님, 이야기에 그런 말은 나오지 않는감요?"

"응."

짐은 한동안 어리둥절했다. 그러더니 마침내 화를 냈다.

"이런 세상에! 저는 이렇게 형편없는 이야기는 생전 첨 들어봐요. 겨우 재미난 이야기가 시작되나보다 했더니만, 그만 끝이 나버리네요. 톰 도련님, 그런 이야기는 도대체 아무런 의미도 없어요. 그런데 혹시 그 남자가 낙타를 찾았는지 못 찾았는지 짐작가는 게 없으신가요?"

"아니, 난 모르겠는걸."

솔직히 나 또한 그 이야기가 아무런 의미가 없다고 생각했다. 어떤 결론에 도달하기도 전에 도중에서 뚝 끊어지다니 말이다. 하지만 그런 말을 하지는 않을 작정이었다. 벌써 짐이 그의 약점을 노골적으로 떠들어대는 바람에, 김이 새어버린 톰이 잔뜩 약이 오르기 시작했다는 것을 알았기 때문이다. 게다가 땅에 쓰러진 한 사람에게 여러 명이 함께 덤벼든다는 것은 정정당당하지 못한 일이라고 생각했다.

하지만 톰이 나를 향해 몸을 홱 돌리더니, 이렇게 물었다.

"너는 이 이야기를 어떻게 생각하니?"

물론 이렇게 되면, 나는 솔직하게 마음 속에 담긴 생각을 털어놓지 않을 수가 없었다. 그러므로 내 생각도 짐이 생각하는 것과 똑같다고 말했다. 어떤 결론에도 도달하지 않은 채, 도중에서 뚝 끊어버리는 이야기라면 공연히 입만 아프게 떠들어댈 가치가 눈곱만큼도 없다고 말이다.

톰의 턱이 거의 그의 가슴에 닿을 정도로 쩍 벌어졌다. 그런 식으로 자기 이야기를 비웃는 내 말을 듣고 톰은 내가 짐작했던 것처럼 미친 듯이 화를 내는 대신에, 오히려 슬퍼하는 것처럼 보였다. 잠시 후에 톰이 말했다.

"이야기 속에 나오는 그 남자가 말했듯이, 어떤 사람은 볼수 있고 어떤 사람은 못 보는 거지. 낙타는 고사하고 폭풍이 지나간다고 해도, 너희 같은 멍청이들은 그 흔적조차 알아차리지 못할 거야."

나는 톰이 무슨 뜻으로 그런 말을 했는지 알 수가 없었다. 톰은 더 이상 아무 말도 하지 않았다. 나는 다만 말도 안되는 핑계거리 중에 하나를 찾는 거라고 생각했다. 가끔씩 궁지에 몰려서 더 이상 도망칠 길이 없을 때마다, 톰은 온갖 핑계거리를 다 둘러대었다. 하지만 나는 신경쓰지 않았다. 짐과 내가 톰의 이야기의 약점을 정확하게 지적한 것이다. 그리고 톰은 그 사실을 피할 수가 없었다. 그래서 지난번처럼 톰은 짜증이 난 것이다. 비록 톰은 자신의 감정을 내보이지 않으려고 애를 썼지만, 나는 그렇게 짐작했다.

제 8 장
신기루

우리는 아침 일찍 식사를 끝마쳤다. 그리고 각자 자리에 앉아 한가롭게 사막을 내려다보았다. 그다지 높이 올라오지 않았는데도, 날씨가 너무나 상쾌하고 좋았다. 사막에서는 태양이 진 후에는 점점 더 아래로 내려가야만 한다. 왜냐하면 급속도로 기온이 내려가기 때문이다. 그러므로 새벽이 다가올 무렵이 되면, 기구는 거의 사막 위에 닿을 듯이 아슬아슬하게 날아가게 되는 것이다.

우리는 땅 위에 길게 드리워진 기구의 그림자를 지켜보고 있었다. 그리고 이따금씩 사막 너머로 뭔가 움직이는 것이 있는지 살펴본 다음, 다시 그림자를 내려다보았다. 그런데 갑자기 바로 밑에서 수많은 사람들과 낙타들을 발견했다. 여기저기 흩어져서 누워 있는 그들은 깊은 잠에 빠진 듯이 꼼짝도 하지 않았다.

우리는 엔진을 끄고 조용히 위로 올라갔다. 그리고 허리를 숙여 그들을 내려다보았다. 그 순간 우리는 그들이 모두 죽었다는 사실을 깨달았다. 오싹하고 차가운 냉기가 온몸을 스치고 지나갔다. 우리는 마치 장례식에 참석한 사람처럼, 목소리를 잔뜩 낮추고 조용 조용히 이야기를 주고받았다. 그리고 천천히 땅으로 내려가서 기구를 세웠다.

나와 톰은 기구 밖으로 내려가서 사람들 사이를 돌아다녔다. 남자와 여자와 어린아이들이었다. 그들은 뜨거운 태양에 바싹 마르고 검게 그을린 채, 가죽과 뼈만 남아 있었다. 그것은 마치 책에서 보았던 미라의 모습 같았다. 하지만 그들은 여전히 인간처럼 보였다. 그리고 여러분들은 믿지 못하겠지만, 마치 잠을 자는 것 같았다.

어떤 사람들과 짐승들은 모래에 반쯤 파묻혀 있었다. 하지만 대부분은 그냥 내버려져 있었다. 그곳에는 모래가 그다지 많지 않고 바닥에는 주로 단단한 자갈이 깔려 있었기 때문이었다. 사람들이 입고 있는 옷은 낡아서 완전히 너덜너덜해졌다. 천조각을 슬쩍 건드리기만 해도 그것은 거미줄처럼 찢어져버렸다. 톰은 이 사람들이 이런 모습으로 몇 년 동안 이곳에 누워 있었던 것 같다고 추측했다.

그들 중에 일부는 녹슨 총을 가지고 있었고 어떤 사람들은 칼을 가지고 있었다. 그리고 은으로 장식을 한 장총을 허리띠에 차고 있었다. 낙타들은 모두 짐을 지고 있었다. 하지만 짐꾸러미들은 이미 부서지고 썩어서 안에 담긴 물건들이 전부 밖으로 쏟아져 나와 있었다. 우리는 죽은 사람들에게 칼이 더 이상 소용이 있을 것이라고는 생각하지 않았다. 그래서 칼 한 자루와 총 몇 자루를 가져왔다. 그리고 작은 상자도 가져왔

다. 상자 모양이 너무 예쁘고 아주 섬세한 조각이 새겨져 있었기 때문이었다.

우리는 그 사람들을 땅에 묻어주고 싶었다. 하지만 생각하는 대로 할 수 있는 방법이 없었다. 주위에 있는 것이라고는 모래뿐이었다. 그리고 모래는 금방 다시 날아가버릴 것이 뻔한 일이었다.

우리는 다시 기구에 올라타고 하늘 높이 날아갔다. 순식간에 모래 위의 검은 점은 눈앞에서 사라져버리고 우리는 이 가엾은 사람들을 두 번 다시 이 세상에서 볼 수 없었다. 우리는 도대체 무슨 일일까 궁금하게 여겼다. 그리고 이 사람들이 어떻게 여기까지 왔으며 그들에게 무슨 일이 벌어진 것일까 이리저리 따져보고 짐작을 해보려고 애를 썼다. 하지만 도무지 알 수가 없었다.

처음에 우리는 아마 이들이 길을 잃었을 것이라고 생각했다. 사방을 헤매고 돌아다니다가 음식과 물이 떨어지자 죽게 되었을 것이다. 하지만 톰은 들짐승이나 독수리들도 그들의 시체를 건드리지 않은 걸 보니 뭔가 다른 이유가 있을 것이라고 말했다. 결국 우리는 더 이상 추측하는 것을 포기하고 그 문제에 대해 생각하지 않는 편이 낫겠다고 판단했다. 왜냐하면 그 일을 생각할수록 마음이 우울해졌기 때문이다.

그때 우리는 상자를 열어보았다. 상자 안에는 온갖 보석과 금덩어리가 들어 있었다. 그리고 죽은 여자가 쓰고 있던 것과 같은 얇은 베일이 있었다. 그 가장자리에는 우리가 생전 보도 못한 이상한 모양의 금화로 만든 장식이 달려 있었다. 우리는 당장 다시 돌아가서 그 사람들을 찾아 이 물건들을 돌려

주어야 하지 않을까 망설였다. 하지만 톰이 곰곰이 생각해 보더니 그럴 필요는 없다고 말했다. 이곳은 도둑들이 들끓는 나라이니 어차피 도둑들이 찾아와 물건들을 훔쳐갈 것이다. 만약 그렇게 된다면, 우리는 도둑들을 나쁜 길로 유혹하는 죄를 짓는 셈이 된다. 그러므로 우리는 그냥 가야만 한다는 것이었다. 하지만 나는 차라리 죽은 사람들이 가지고 있던 물건들을 전부 다 집어올 걸 그랬다고 생각했다. 그렇게 했으면 아무도 더 이상 유혹을 받지 않게 되었을 것이다.

우리는 푹푹 찌는 더위 속에 무려 두 시간 동안이나 땅 위에 내려가 있었기 때문에, 다시 기구에 올라탄 순간 엄청난 갈증을 느꼈다. 곧장 물을 먹으려고 달려갔지만, 물은 썩어 고약한 냄새가 났다. 게다가 거의 입 안을 델 정도로 뜨거워져 있었다. 우리는 도저히 그 물을 마실 수가 없었다. 그 물은 세상에서 가장 좋은 미시시피 강물이었다. 우리는 물 밑에 가라앉은 진흙을 휘저어보았지만, 아무런 소용이 없었다. 진흙도 물보다 나을 것이 하나도 없었다.

죽은 사람들에게 온통 정신이 팔려 있는 동안에는, 너무 너무 목이 마르다는 생각이 나질 않았다. 하지만 물을 마실 수 없다는 사실을 발견하자마자, 우리는 불과 25초 전보다 35배나 더 목이 말랐다. 한동안 우리는 입을 딱 벌리고 개처럼 헐떡거렸다.

톰이 쉬지 말고 온 사방을 샅샅이 살펴보자고 말했다. 어쩌면 오아시스를 발견할 수도 있을 것이다. 아니면 또 어떤 일이 일어날지 모르는 일이었다. 그래서 우리는 사방을 살펴보았다. 팔이 아파서 더 이상 망원경을 들고 있을 수 없을 때까지, 아래쪽을 열심히 살펴보았다. 두 시간, 혹은 세 시간 정도 흘렀을까—— 또 바라보고 또 바라보았지만 온통 모래, 모래, 모래뿐이었다. 아무것도 없었다. 단지 모래 위에서 아른아른 피어오르는 열기를 볼 수 있을 뿐이었다.

오, 사랑하는, 사랑하는 독자들이여. 사람이 지독하게 목이 말라 보지 않고는, 그리고 더 이상 어디서도 물을 구할 수 없다는 것이 확실한 상황이 되어 보지 않고서는 진정한 고통이 무엇인지 모르는 법이다. 마침내 나는 이글이글 타오르는 사막 위를 살펴보는 일에 진절머리가 났다. 나는 모든 걸 포기하고 상자 위에 벌렁 누워버렸다.

하지만 잠시 후에 톰이 환호성을 질렀다. 물이 있었던 것이다! 눈부시게 빛나는 드넓은 호수였다. 야자수 나무가 한가롭게 물 위로 몸을 숙인 채, 수면 위에 부드럽고 섬세한 그림자를 드리우고 있었다. 나는 이보다 더 아름다운 광경을 본 적이 없었다. 호수까지는 상당히 먼 거리 같았다. 하지만 거리 따위는 우리에게 아무 문제도 되지 않았다. 우리는 백 마일의 속력으로 하강하기 시작해서 7분이면 그곳에 도착할 것이라고 생각했다. 하지만 가도 가도 호수는 계속해서 멀리 떨어져 있었다. 그랬다. 꿈처럼 아주 멀리서 반짝거리고 있었다. 우리는 도저히 호수에 다가갈 수가 없었다. 그리고 마침내 어느 순간 불현듯 호수는 사라져버렸다!

톰이 눈을 번쩍 뜨면서 말했다.

"이봐, 그건 신기루였어!"

그는 마치 잘된 일이라는 듯이 신나는 목소리였다. 나는 도대체 뭐가 그토록 신나는 일인지 알 수가 없었다. 그래서 퉁

명스럽게 대답했다.

"그럴지도 모르지. 하지만 나는 그 호수의 이름 따위에는 아무런 관심도 없어. 내가 알고 싶은 것은 말이야, 도대체 그 호수가 어떻게 되었느냐는 거야."

짐은 온몸을 부르르 떨고 있었다. 너무 무서워서 감히 말을 하지 못하고 있는 것이다. 하지만 할 수만 있었다면 짐도 나와 똑같은 질문을 하고 싶었을 것이다. 톰이 대답했다.

"호수가 어떻게 되었느냐고? 너도 네 눈으로 똑똑히 보았잖아. 사라졌어."

톰이 나를 살펴보더니 다시 말했다.

"허클베리 핀. 그러니까 그 호수가 어디로 가버렸느냐는 거지? 너는 신기루가 뭔지 모르는 거니?"

"그래, 난 몰라. 그게 뭔데?"

"그건 단지 환상에 불과한 거야. 햇빛이 굴절되어서 어딘가의 풍경이 반사되어 보이는 거야. 실제로는 아무것도 없었어."

톰이 너무나 태연하게 그렇게 말하는 것을 들으니 나는 조금 화가 났다.

"너는 도대체 왜 그런 쓸데없는 말을 하는 거니, 톰 소여? 내가 호수를 보지 못했단 말이야?"

"물론 보았지. 분명히 보았다고 생각을 한 거야."

"나는 호수에 대해서는 아무 생각도 하지 않았어. 나는 그저 보았을 뿐이라구."

"분명히 말하지만, 너는 아무것도 보지 못했어. 왜냐하면 아무것도 볼 것이 없었기 때문이야."

톰이 그렇게 말하는 것을 듣자, 짐은 기절할 듯이 놀랐다.

그리고 마침내 침묵을 깨고 입을 열지 않을 수 없었다. 그는 몹시 상심한 듯이 애원하는 목소리로 말했다.

"톰 도련님, 제발 이런 끔찍한 순간에 그런 엉뚱한 말씀 좀 하지 마세요. 도련님은 지금 도련님 혼자만 겁주고 있는 것이 아니라, 우리 모두를 겁나게 하고 있어요. 안나 니아스처럼 말이죠. 그 호수는 분명히 저기에 있었구만요. 지금 제가 도련님과 허크를 보고 있듯이 똑똑하게 그걸 보았구만요."

내가 다시 입을 열었다.

"그래, 톰도 두 눈으로 직접 호수를 보았어. 호수를 처음 발견한 사람이 바로 톰인걸. 그런데 이제 와서!"

"그렇구만요, 톰 도련님. 그 말이 맞구만요. 도련님도 인정하셔야 해요. 우리 모두 그걸 보았어요. 그걸로 호수가 있었다는 게 증명되잖아요."

"증명이 된다고! 어떻게 증명이 된다는 거지?"

"이 세상 법정에서 증명을 하는 식으로 똑같이 증명이 되지요. 톰 도련님, 어떤 사람이 술에 취했거나 꿈을 꾸었거나 뭐 그랬다면 착각을 할 수도 있겠지요. 아마 두 사람이 착각을 할 수도 있을 거예요. 하지만 도련님, 세 사람이 똑같은 것을 보았다면 말이지요, 술에 취했거나 취하지 않았거나 그건 분명한 사실이지요. 도련님도 아시잖아요."

"나는 그런 일에 대해서는 아무것도 몰라. 하지만 무려 40억이 넘는 사람들이 날마다 하늘 이편에서 떠서 저편으로 지고 있는 태양을 보아왔다고 해서 그게 정말 태양이 이편에서 떠서 저편으로 지고 있다는 사실을 증명할 수 있단 말이야?"

"당연히 그렇지요. 더구나 그런 일은 증명할 이유조차 없지요. 조금이라도 정신이 있는 사람이라면 그런 일을 의심할 사람이 있나요? 보세요, 햇님이 늘 그렇듯이 시방도 하늘 저쪽으로 움직이고 있잖아요."

톰이 나를 돌아보며 물었다.

"너는 어떻게 생각하니? 태양이 가만히 서 있다고 한다면 말이야."

"톰 소여, 도대체 그렇게 멍청한 질문을 해서 무슨 소용이 있단 말이니? 태양이 가만히 서 있지 않다는 사실은 장님이 아니라면 누구든지 알 수 있는 일이야."

"그래."

톰이 한숨을 쉬었다.

"나는 친구라고는 하나도 없이 오직 수준 낮은 동물들과 함께 이 막막한 하늘 위를 헤매고 있구나. 삼백 년 전이나 사백 년 전에 대학 총장이 알고 있는 것보다도 더 아는 바가 없다니!"

이것은 정당한 시합이 아니었다. 나는 톰에게 그 사실을 알려주고 싶었다.

"톰 소여, 그런 말싸움 따위는 그만둬."

"오, 신이시여. 오, 자비로운 신이시여. 시방 저기 다시 호수가 나타났구만요!"

바로 그때 짐이 소리쳤다.

"톰 도련님, 이제는 뭐라고 말씀하실 건가요?"

정말이었다. 저 멀리 사막 너머에 다시 호수가 나타났다. 거울처럼 잔잔한 호수와 나무들, 모든 것이 지난번과 똑같았다. 나는 의기양양하게 말했다.

"이제 너도 만족했을 거라고 생각해, 톰 소여."

하지만 톰은 너무나도 침착한 목소리로 대답했다.

"그래, 저기에 호수가 없다는 사실을 확실히 알았어."

짐이 말했다.

"제발 그런 말씀 좀 마시라니까요, 톰 도련님. 그냥 듣고 있기가 괴롭구만요. 날씨는 이렇게 덥지, 목은 마르지 그래서 도련님이 제정신이 아닌가 봐요. 톰 도련님, 저것 좀 봐요. 호수가 얼마나 멋져요. 저는 저기에 도착할 때까지 어찌 기다려야 할지 모르겠구만요. 너무 너무 목이 말라서 말이지요."

"글쎄, 아마 너는 계속 기다려야만 할 걸. 하지만 그래도 소용없어. 분명히 말하지만 저건 호수가 아니야."

나는 톰을 무시하고 말했다.

"짐, 저 호수에서 절대 눈을 떼지 마. 나도 그렇게 할 테니까 말이야."

"목숨을 걸고라도 떼지 않겠어요. 설사 눈을 돌리고 싶어도 도저히 그럴 수가 없구만요."

우리는 호수를 향하여 쏜살같이 달려갔다. 수마일을 단숨에 지나쳤다. 하지만 단 일 인치도 호수 가까이 다가갈 수 없었다. 그리고 또다시 순식간에 호수가 사라져버렸다!

짐은 비틀거리더니 거의 쓰러지려고 했다. 크게 숨을 들이쉰 짐은 물고기처럼 헐떡거리며 간신히 말을 했다.

"톰 도련님, 저건 귀신이 틀림없구만요. 저게 뭐든지간에 저는 다시는 저걸 보지 않게 해달라고 여신님께 빌겠어요. 분명히 저기 호수가 있었어요. 그런데 무슨 일이 일어나더니 호수가 사라졌잖아요. 우린 귀신에게 홀린 거예요. 이 사막에

귀신이 나타난 거라구요. 틀림없어요. 사막 귀신이에요. 오, 톰 도련님, 당장 여기서 나가자구요. 밤이 찾아와서 귀신이나 또 그 호수가 다시 우리 앞에 나타난다면 저는 차라리 콱 죽고 말 거예요. 만약 우리가 잠이 들기라도 하는 날에는 어떤 위험이 닥칠지 모른단 말이에요."

"귀신이라고! 이런 한심한 멍청이! 이건 아무것도 아니야. 그저 공기와 뜨거운 열과 갈증이 사람의 상상력과 합해져서 착각을 불러일으키는 것뿐이라구. 그러니까 말이야……음……망원경이나 어서 줘봐!"

톰은 망원경을 집어들더니 오른쪽을 살펴보기 시작했다.

"새떼들이 지나가고 있군."

톰이 중얼거렸다.

"새들은 태양이 지는 방향으로 가고 있어. 벌떼처럼 줄을 지어 우리가 가는 방향과 반대편으로 가고 있어. 뭔가 볼일이 있다는 거야. 아마 먹이나 물을 찾아서 가고 있는 것이겠지. 저 새들을 따라가자! 키를 왼쪽으로 돌려! 아래로 낮추고! 이제 곧장 조심스럽게 따라가자!"

우리는 동력의 일부를 껐다. 너무 빨리 달려서 새들을 지나치는 일이 없도록 하기 위해서였다. 그리고 새떼들 뒤를 쫓아갔다. 우리는 새떼를 따라 일 마일 정도를 날아갔다. 그리고 다시 한 시간 반 정도를 따라가고 나자, 점점 실망이 되기 시작했다. 갈증은 이제 더 이상 참을 수 없을 정도로 심각했다.

톰이 말했다.

"너희 중에 한 사람은 망원경을 들고 저 새들 앞에 무엇이 있나 살펴보도록 해."

짐은 망원경 안을 들여다보자마자, 헬쑥한 얼굴로 상자 위에 털썩 주저앉고 말았다. 그는 거의 울음을 터뜨릴 지경이었다. 그리고 말했다.

"톰 도련님, 저기 그게 또 나타났구만요. 다시 나타났다니까요. 저는 이제 죽을 거구만요. 틀림없어요. 귀신을 세 번 본 사람은 반드시 죽기 마련이라니까요. 차라리 이 기구를 타지 않았더라면 좋았을 거구만요. 저는 이제 어쩌면 좋아요."

짐은 더 이상 밖을 내다보려고 하지 않았다. 나 또한 짐의 말을 듣고 몹시 겁에 질렸다. 왜냐하면 그의 말이 사실이라는 것을 알고 있었기 때문이었다. 귀신은 항상 그런 식으로 나타났다. 그러므로 나도 절대로 밖을 내다보려고 하지 않았다. 우리 두 사람은 톰에게 제발 기구를 돌려서 다른 곳으로 가자고 애원했다. 하지만 톰은 우리 말을 듣지 않았다. 그리고 우리에게 무식하기 짝이 없는 어리석은 미신쟁이들이라고 말했다.

그래, 지금까지 톰은 용케도 잘 살아왔다. 나는 속으로 중얼거렸다. 그렇게 귀신들을 화나게 하는 말을 하면서도 말이다. 한동안은 귀신들도 참아줄 수 있을 것이다. 하지만 항상 그런 모욕을 참고 있지는 않는다. 귀신들이 마음만 먹으면 얼마나 쉽게 사람을 해칠 수 있는지, 또 얼마나 복수심이 강한지는 누구나 다 알고 있다.

우리는 모두 입을 다물고 아무 말도 하지 않았다. 짐과 나는 너무 겁에 질려서 말을 하지 못했고 톰은 기구를 움직이느라 정신이 없었다. 얼마 동안 시간이 흐르자, 톰이 기구를 정지시켰다. 그리고 말했다.

"이제 자리에서 일어나서 밖을 좀 내다봐, 이 바보들아!"

우리는 그의 말에 따랐다. 틀림없는 호수가 바로 우리 밑에 펼쳐져 있었다! 맑고 푸르고 차갑고 깊은 호수였다. 산들바람이 불자, 호수 위에 잔잔한 물결이 일어났다. 이처럼 아름다운 광경은 이 세상에 또 없었다. 호수 주위는 온통 풀이 우거진 둑으로 둘러싸여 있었다. 둑에는 이름 모를 꽃들과 잎이 무성한 커다란 나무들이 빽빽하게 들어서 있었다. 그리고 덩쿨들이 이들을 칭칭 감아 올라가고 있었다. 말할 수 없이 평화롭고 고요한 풍경이었다. 너무나 아름다워서 거의 눈물이 나올 지경이었다.

짐은 정말로 눈물을 흘렸다. 그리고 펄쩍펄쩍 춤을 추면서 소리를 질렀다. 너무 기쁘고 감사한 나머지 제정신이 아니었다. 이번에는 내가 기구를 지킬 차례였다. 그러므로 나는 기구 안에 남아 일을 해야만 했다. 짐과 톰은 호수로 내려가 배가 터지도록 물을 마시고 나에게도 물을 잔뜩 가져다 주었다. 평생 맛있는 음식을 많이 먹어보았지만, 이 물에 비교할 만한 것은 아무것도 없었다.

톰과 짐은 물 속으로 뛰어들어 수영을 했다. 그런 다음 톰이 기구로 돌아와서 나와 교대했다. 나와 짐이 수영을 하고 그 다음에는 짐이 톰과 교대를 했다. 그래서 나와 톰은 경주를 벌이고 권투 시합을 했다. 평생 이렇게 신나고 재미있는 시간은 한번도 없었다고 생각한다.

날씨는 그렇게 덥지는 않았다. 벌써 저녁이 가까워오고 있었기 때문이었다. 그렇지만 우리는 옷을 아무것도 걸치지 않고 있었다. 옷이라는 것은 학교나 마을에서는 꽤 쓸모가 있는 물건이다. 물론 무도회장에서도 그렇다. 하지만 문명이라든 가 그밖에 다른 성가신 잔소리꾼이 없는 곳에서는 옷에 대한 감각이 사라지는 법이다.

"사자들이 오고 있어요! 사자요! 서둘러요, 톰 도련님. 펄 쩍 뛰어오시라니까요. 허크, 어서!"

우리는 옷을 다시 입을 수가 없었다. 옷을 주워 입을 틈도 없이 서둘러 사다리에 대롱대롱 매달렸다. 짐은 너무 흥분했 을 때나 너무 겁에 질렸을 때면 늘 그렇듯이, 완전히 얼이 빠 지고 말았다. 그래서 짐승들이 접근하지 못하도록 간단히 사 다리를 끌어올리기만 하면 되는 일을, 기구의 동력을 한껏 올 려버린 것이다. 결국 우리는 정신없이 하늘 높이 올라가 허공 에 대롱대롱 매달려 있게 되었다.

잠시 후에 제정신이 돌아온 짐은 자신이 얼마나 어리석은 짓을 저질렀는지 깨닫고, 기구를 멈추었다. 하지만 그 다음 에 어떻게 해야 할지 까맣게 잊어버리고 말았다. 그래서 우리 는 사자들이 작은 장난감처럼 보일 정도로 높은 허공에 매달 린 채, 한동안 바람이 부는 대로 이리저리 흔들리고 있을 수 밖에 없었다.

하지만 날렵하게 사다리를 타고 기어올라간 톰은 즉시 나를 구하기 위한 작업에 착수했다. 그는 먼저 기구를 천천히 아래 로 내려서 호수로 향했다. 그곳에서는 짐승들이 한 자리에 모 여서 캠프 회의를 열고 있었다. 나는 톰마저 머리가 완전히 돌아버린 것이 틀림없다고 판단했다. 나는 다리가 꽁꽁 얼어 붙어서 사다리를 기어올라갈 수가 없었다. 톰도 그 사실을 알 고 있었다. 그렇다면 나를 사자와 짐승들의 먹이로 던져주려는 것일까?

그렇지 않았다. 그의 머리는 완전히 정상이었다. 톰은 자신이 해야 할 일을 분명히 알고 있었다. 그는 물 위에서부터 약 30 내지 40피트 정도 되는 곳까지 내려갔다. 그리고 호수 한 가운데에 기구를 세워놓고 나에게 소리쳤다.

"내려가. 그리고 뛰어내려!"

나는 그대로 했다. 먼저 발이 호수에 풍덩 빠지더니 물 속 깊이 일 마일은 내려가는 것 같았다. 내가 다시 물 위로 떠올랐을 때, 톰이 소리쳤다.

"이제 물 위에 누워서 떠다니며 쉬고 있어. 다시 기운을 차리고 있으라구. 그 동안 내가 물 속으로 사다리를 내려줄게. 그럼 너는 사다리를 타고 올라올 수 있을 거야."

나는 그대로 했다. 톰의 생각은 참으로 현명했다. 만약 그가 사막이나 어디 다른 곳에 착륙했다면, 그 사나운 짐승들이 우리를 따라왔을 것이다. 그리고 마침내 내가 지쳐서 사다리에서 떨어질 때까지 우리 뒤를 계속 쫓아다녔을 것이 뻔한 일이었다.

톰이 나를 구하려고 애쓰는 동안, 사자들과 호랑이들은 우리가 벗어놓은 옷가지들을 뒤적거리며 모두가 공평하게 나누어 가지느라 분주했다. 하지만 어디선가 뭔가 실수가 있었던 모양이었다. 그들 중에 몇 마리가 자기 몫보다 더 많이 가지려고 욕심을 부렸다. 그러자 또 다른 반란이 일어났다. 여러분은 세상에서 그런 광경은 한번도 보지 못했을 것이다.

오십 마리 정도 되는 사자들이 온통 한데 뒤엉켜서 으르렁거리며 앞발로 치고 물어뜯고 다리와 발톱을 허공에 휘두르

고 있었다. 어느 놈이 어느 놈인지 분간을 할 수가 없을 정도였다. 모래와 털이 자욱하게 피어올랐다. 마침내 싸움이 끝났을 때, 어떤 사자는 목숨이 끊어졌고 어떤 사자는 다리를 절뚝거리며 달아나고 있었다. 그리고 남은 사자들만이 전쟁터에 빙 둘러 앉아 있었다. 그 중에서도 어떤 사자는 상처난 자리를 혓바닥으로 핥고 있었고 또 어떤 사자는 마치 어서 내려와서 함께 즐기자고 유혹이라도 하듯이, 우리를 열심히 올려다보고 있었다. 하지만 우리는 그럴 마음이 조금도 없었다.

우리가 벗어놓은 옷으로 말하자면, 더 이상 한 조각도 남아 있지 않았다. 갈기갈기 찢겨진 채, 모두 짐승들의 뱃속으로 들어가 버렸다. 하지만 짐승들에게는 별로 좋은 일이 아니었다. 왜냐하면 옷에는 놋쇠 단추가 많이 달려 있었고 호주머니 속에는 칼과 담배와 손톱 깎이, 분필, 공기돌, 낚시 바늘, 그 밖에 여러가지 것들이 들어 있었기 때문이었다.

하지만 나는 별로 신경쓰지 않았다. 나를 난처하게 만든 것은 다만 이제 우리에게 남은 옷가지라고는 교수의 옷뿐이라는 사실이었다. 그것으로 알몸을 가리고 대충 구색을 갖출 수는 있었지만, 혹시라도 사람들 앞에 나서기에는 적당하지 않았다. 우선 바지 가랑이가 터널처럼 너무 길었다. 그리고 코트와 다른 것들도 너무 컸다. 옷 전체가 재단사의 손길을 필요로 했다. 짐은 엉터리 재단사 정도의 실력을 가지고 있었다. 그리하여 우리가 요구하는 대로 겉옷 한두 벌을 금방 수선해 줄 수 있다고 말했다.

제 9 장
사막이 생긴 이유

우리는 또다시 저 아래에 잠깐 내려가야겠다고 생각했다. 하지만 이번에는 다른 볼일이 있었다. 교수의 음식 저장고에 보관된 것들은 대부분 통조림 속에 들어 있었다. 그것은 누군가가 최근에 발명한 새로운 식품 보관 방법이었다. 그리고 나머지 음식은 그대로 날 것이었다. 만약 여러분이 미주리주에서부터 사하라 사막까지 비프스테이크를 운반해야 한다면, 특별히 주의를 해서 아주 차가운 온도로 저장을 해야만 할 것이다. 그러므로 우리는 저 아래쪽에 있는 사자들의 마을로 내려가서 뭔가 건져올 것이 없는지 살펴보기로 한 것이다.

우리는 사다리를 타고 짐승들의 시체가 있는 곳까지 아주 가까이 내려갔다. 그리고 둥글게 묶은 밧줄을 내려서 특별히 부드럽고 작은 사자를 골라, 끌어 올렸다. 그 다음에는 새끼 호랑이를 끌어 올렸다. 그 동안에도 권총으로 모여드는 사자

들을 쫓아야만 했다. 그러지 않았으면 사자들은 이 작업에 끼어들어 한몫 거들겠다고 달려들었을 것이다.

우리는 죽은 사자와 호랑이에게서 먹을 수 있는 부위를 잘라냈다. 그리고 가죽은 보관하고 나머지 부분은 밑으로 내던졌다. 그 다음에 우리는 신선한 살점을 교수의 낚시 바늘에 꽂아 낚시를 하기 시작했다. 우리는 낚시하기에 딱 적당한 높이로 호수 위에 떠 있었다. 그리고 여러분이 알고 있는 온갖 종류의 물고기들을 다 잡았다.

그날 저녁은 정말로 근사하고 훌륭한 식사를 하였다. 사자 스테이크와 호랑이 스테이크, 기름에 튀긴 생선 그리고 뜨거운 옥수수빵. 나는 그 이상 더 바랄 게 없었다.

심지어 후식으로 먹을 과일까지 준비되었다. 어마어마하게 키가 큰 나무 꼭대기에서 열매를 땄기 때문이다. 그것은 매우 가느다란 나무였는데, 바닥에서부터 꼭대기까지 잔가지라고는 하나도 없었다. 그리고 제일 꼭대기에 마치 새털처럼 생긴 잎사귀가 넓게 퍼져 있었다. 그것은 물론 야자수였다. 야자수 나무를 보면 누구나 한눈에 알아볼 수 있을 것이다. 사진을 통해서 많이 보았기 때문이다.

우리는 코코넛을 따려고 갔었다. 하지만 코코넛은 하나도 달려 있지 않았다. 다만 알이 굵은 포도송이 같은 것만이 주렁주렁 달려 있었다. 톰은 아마도 저것이 대추야자일 것이라고 말했다. 왜냐하면 『아라비안 나이트』와 그밖의 다른 책에서 읽은 설명과 꼭 들어맞기 때문이라는 것이다. 물론 대추야자가 아닐 수도 있었다. 혹은 독이 든 열매일 수도 있었다. 그러므로 우리는 잠시 기다렸다가 새들이 그 열매를 따먹는지 지켜보았다. 새들은 그 열매를 따먹었다. 그래서 우리도 따먹었다. 그 열매의 맛은 정말 환상적이었다.

이때 어마어마하게 거대한 새들이 날아와서 죽은 짐승들 위에 내려앉았다. 이 새들은 아주 용감했다. 한편에서 또 다른 사자가 살점을 뜯어먹고 있는데도, 죽은 사자를 향해 돌진했다. 사자가 새들을 쫓아버리려고 해도, 아무런 소용이 없었다. 사자가 먹느라고 잠시 한눈을 팔면, 곧바로 다시 덤벼들었다.

커다란 새들은 여기저기에서 몰려왔다. 망원경으로 보면 그들의 모습을 똑똑히 구별할 수가 있었다. 하지만 너무 멀리 떨어져 있어서 그냥 눈으로 보면 잘 보이지 않았다. 톰은 저 새들이 냄새로 먹이를 찾아다니는 것이 아니라, 눈으로 보고 찾아낸다고 말했다. 오, 그것은 참으로 놀라운 눈이었다! 톰은 5마일 밖에서 보면, 죽은 사자의 몸은 사람의 손톱 크기만큼도 되지 않는다고 말했다. 그러므로 어떻게 저 새들이 그렇게 높은 곳에서 그렇게 작은 물체를 구별할 수 있는지 상상이 가지 않는다고 했다.

사자가 같은 사자를 잡아먹는 광경은 정말 이상하고 신기했다. 우리는 아마도 저 사자들이 서로 가족은 아닌 모양이라고 생각했다. 하지만 짐은 설사 가족이라고 해도 아무 차이가 없다고 말했다. 돼지는 자기 새끼를 무척 소중하게 여긴다. 거미도 역시 마찬가지라고 할 수 있다. 하지만 아마도 사자는 그보다 훨씬 더 부도덕할 것이라고 짐은 주장했다. 아주 완전히 파렴치하지는 않겠지만 말이다. 아무리 사자라고 해도 자신의 아버지가 누구인지 안다면, 아버지까지 잡아먹지는 않을 것이다. 하지만 지독하게 배가 고플 때에는 형제 정도는 잡아먹을 것이다. 게다가 아버지나 형제에 비해 관계가 적은 장모라면 언제든지 기꺼이 잡아먹으리라고 짐은 생각했다. 하지만 짐작만으로는 어떤 결론도 나지 않는 법이다. 소들이 집에 돌아올 때까지 얼마든지 머리 속으로 숫자를 헤아릴 수는 있다. 하지만 그렇다고 확실한 결정이 나는 것은 아니다. 그러므로 우리는 더 이상 생각하기를 포기하고 그냥 잊기로 했다.

사막의 밤은 대개 쥐죽은 듯이 고요하기 마련이다. 하지만 오늘밤에는 음악이 있었다. 수많은 다른 짐승들이 저녁을 먹으러 찾아왔다. 교활하게 보이는 컹컹 짖는 들개(톰은 그걸 자칼이라고 했다)와 등에 얼룩덜룩한 무늬가 있는 들개(톰은 하이에나라고 했다), 그리고 다른 온갖 종류의 짐승들이 모여서 한바탕 요란법석을 떨며 연회를 베풀었다. 고요한 달빛 아래에서 그들은 한 폭의 그림을 이루었다. 하지만 그것은 내가 본 그 어떤 그림과도 달랐다.

우리는 나무 꼭대기를 향해 곧장 내려갔다. 그리고 아무도 파수를 서지 않기로 하고 모두들 자리에 누워 잠을 잤다. 하지만 나는 두세 번 정도 자리에서 일어나 짐승들이 모여 있는 아래쪽을 내려다보았다. 그리고 그들의 합창 소리에 귀를 기울였다. 그것은 마치 동물원의 제일 앞좌석을 공짜로 차지한 것과 같았다. 나는 한번도 동물원에 가 본 적이 없었다. 그러므로 이런 밤을 최대한 이용하지 않고, 잠으로 헛되이 보낸다는 것은 정말 어리석은 일처럼 여겨졌다. 앞으로 두 번 다시 이런 기회는 찾아오지 않을 것이다.

이른 새벽에 우리는 다시 낚시질을 했다. 그리고 하루 종일 섬 위의 깊은 그늘 속에 파묻혀 늦잠을 자면서 빈둥거렸다. 하지만 교대로 파수를 서는 일은 잊지 않았다. 혹시라도 우리를 저녁거리로 삼기 위해 주위를 어슬렁거리며 다가오는 짐승이 없을까 살펴보았지만, 아무것도 나타나지 않았다. 우리는 다음날 이곳을 떠나기로 결정하기는 했지만, 혹시 떠나지 않을 수도 있었다. 이곳이 너무나 평화롭고 아름다웠기 때문이다.

다음날 아침이 되자, 우리는 하늘로 올라가서 동쪽을 향해 날아가기 시작했다. 우리는 아쉬운 마음으로 호수가 있는 곳을 내려다보았다. 그리고 모든 것이 사라지고 사막 위에 까만 점 하나만 남을 때까지 눈을 떼지 못했다. 그것은 마치 앞으로 다시는 보지 못할 다정한 친구에게 작별 인사를 하는 것과 같은 심정이었다.

한동안 짐은 뭔가 혼자 생각을 하고 있었다. 그러더니 마침내 입을 열었다.

"톰 도련님, 제 생각에 이제 우리는 거의 사막의 끝에 온 것 같구만요."

"어째서 그렇지?"

"글쎄요. 당연하지 않아요. 도련님도 아시다시피 우리가 얼마나 오랫동안 사막 위를 날아왔나요. 그러니 거의 사막이 끝날 때도 되었지요. 이 사막이 그렇게나 넓지는 않을 거 아니에요."

"바보, 아직도 사막은 많이 남았으니까 걱정할 필요없어."

"아니에요, 톰 도련님. 걱정하는 게 아니에요. 그저 이게다 사막인가 생각하는 것뿐이지요. 저는 하나님이 이렇게 많은 모래를 만드셨다는 걸 의심하는 게 아니구만요. 그게 아니지요. 하나님이 다 마땅한 까닭이 있으시니까, 이렇게 하셨겠지요. 저는 다만 이제 이 정도면 사막이 충분히 넓은 게 아닌지 하는 거예요. 도련님도 이 사막이 더 이상 넓으리라고는 생각하시지 못할 거구만요."

"더 멀리 가야 해! 우리는 이제 겨우 이 사막을 막 건너기 시작한 것에 불과해. 미국은 정말로 큰 나라지? 그렇지 않아, 허크?"

"그렇지."

나는 고개를 끄덕였다.

"내 생각에 그보다 더 큰 나라는 없을 거야."

"그런데 말이야."

톰이 설명을 시작했다.

"이 사막은 거의 미국과 비슷한 모양을 하고 있어. 만약 이 사막을 미국 위에 올려놓는다면, 담요처럼 미국 땅 전체를 완전히 가려버리고 말 거야. 메인주라든가 저 북쪽 끝에 있는 끄트머리 땅들만 약간씩 삐져나오겠지. 그리고 플로리다주가 거북이 꼬리만큼 삐죽이 나올 거야. 밖으로 나오는 건 그게 전부야. 우리는 이삼 년 전에 멕시코인들로부터 캘리포니아를 빼앗았지. 그러므로 태평양 연안은 이제 우리 나라 거야. 만약 사하라 사막을 태평양 연안에 맞추어 포개 놓는다면, 미국 전체를 가리고도 뉴욕을 지나 대서양까지 6백 마일이나 들어갈 거라구."

나는 탄성을 질렀다.

"세상에나! 너는 어디서 그런 사실들을 알았니, 톰 소여?"

"바로 여기 적혀 있어. 그리고 나는 지금까지 계속 공부를 했지. 너도 직접 찾아볼 수 있어. 뉴욕에서부터 태평양까지 가 2천6백 마일이거든. 그런데 사하라 사막의 한쪽 끝에서부터 다른 쪽 끝까지가 3천2백 마일이야. 미국의 총 면적은 3백 6십만 평방 마일이고 사하라 사막의 총 면적은 4백16만2천 평방 마일이야. 이 사막 정도의 크기라면 미국 전체를 일 인 치도 남김없이 다 뒤덮을 수 있어. 그리고도 조금씩 튀어나오는 가장자리에는 영국과 스코틀랜드와 아일랜드, 프랑스, 덴마크 그리고 독일 전체를 다 집어넣을 수가 있지. 그렇다니까! 바로 이 사하라 사막으로 이 모든 나라들과 마을들을 깨끗하게 뒤덮어 버릴 수가 있는 거야. 그렇게 하고도 아직도 2천 평방 마일의 사막이 남는다구."

"그래?"

내가 말했다.

"그건 정말 놀라운 일이야. 그렇다면 톰, 하나님께서는 이 사막을 만드실 때 미국이나 다른 많은 나라를 만드실 때만큼이나 많은 공을 들이신 거라고 생각해."

짐이 끼어들었다.

"허크, 그건 말이 되지 않는구먼요. 나는 이 사막을 일부러 만든 것은 아니라고 생각하는데. 주위를 한번 돌아보라고요. 이걸 보면 내 말이 옳다는 걸 알거구만요. 도대체 이 사막이 무슨 쓸모가 있냔 말이에요. 아무 짝에도 쓸모가 없구만요. 이걸로 뭘 할 수가 있겠는감. 안 그런가요, 허크?"

"그래, 그렇군."

"톰 도련님은 어떻게 생각하시남요?"

"나도 그렇게 생각해. 계속 해보라구."

"이게 아무런 쓸모가 없는 물건이라면 말이지요, 애써서 만들어봐야 헛수고란 말이지요. 안 그런가요?"

"그렇지."

"그렇구만요! 우리 하나님께서 괜히 헛수고하시는 것 봤나요? 한번 대답해 보세요."

"글쎄, 그렇지 않지. 그럴 리가 없어."

"그렇다면 도대체 사막은 어쩌다가 만드시게 됐을까요?"

"글쎄, 계속 말해봐, 짐. 도대체 사막은 어떻게 만드시게 됐을까?"

"톰 도련님, 그건 말이지유, 마치 저희들이 집을 지을 때와 마찬가지라고 믿어요. 사람들이 집을 짓고 나면 쓰레기가 엄청 쏟아져 나오잖아요. 그걸 어떻게 하나요? 실어다가 지저분하고 오래된 공터에다 버리지 않아요? 그렇지요? 제 생각이 바로 그거와 똑같단 말씀이에요. 그렇게 해서 사하라 사막은 일부러 만든 것이 아니라 그냥 우연히 생긴 거란 말씀이에요."

나는 짐의 말이 참으로 훌륭한 주장이라고 칭찬해줬다. 그리고 지금까지 짐이 한 말 중에 가장 훌륭한 이야기라고 생각했다. 톰도 똑같은 말을 했다. 하지만 그 주장에는 약간의 문제가 있다고 지적했다. 결국 짐의 말은 단지 이론에 불과하다는 것이었다. 이론만으로는 아무것도 증명할 수 없다. 그것은 다만 네가 뭔가를 찾으려고 여기저기를 헤매다가 완전히 지쳐버렸을 때, 잠깐 동안 쉬어갈 수 있는 자리를 제공해줄 뿐이다. 하지만 무언가를 찾을 수 있는 방법은 아니라는 것이었다. 톰은 말했다.

"이론에는 또 다른 문제가 있어. 자세히 잘 살펴보면, 이론에는 항상 어딘가 구멍이 있다는 거지. 짐의 주장도 마찬가지야. 저기 있는 저 수억만 개의 별들을 좀 봐. 그렇다면 어떻게 저 별을 만들 때는 재료가 하나도 남지 않고 꼭 맞았단 말이야? 어떻게 저기에는 모래더미가 없단 말이야?"

하지만 짐은 자신감에 넘쳐서 말했다.

"은하수는 뭔가요? 제가 알고 싶은 건 바로 그거구만요. 그럼 은하수는 뭔가요? 대답해 보세요!"

　내 생각에 이것이야말로 결정타였다. 물론 단지 내 생각이 그렇다는 것이다. 다른 사람들은 다르게 생각할 수도 있다. 하지만 그때 나는 그렇게 말했고 지금도 그렇게 생각한다. 그 말이야말로 결정타라고 말이다. 짐이 톰 소여에게 결정타를 먹인 것이다. 그는 단 한 마디도 하지 못했다. 톰은 마치 망치로 뒤통수를 한 대 얻어맞은 사람처럼 얼이 빠진 것 같았다. 그가 겨우 한 말이라고는 나와 짐 같은 사람과 이야기를 하느니, 차라리 물고기와 지적인 대화를 나누는 편이 더 나을 것이라는 말뿐이었다. 하지만 누군가가 자기를 좀더 앞섰다는 걸 알아차렸을 때는 누구나 다 그런 식으로 말하는 법이다. 나는 사람들이 항상 그렇게 하는 걸 보아왔다. 톰 소여는 결국 그 주제에 대해 싫증을 내고 말았다.

　그래서 우리는 다시 사막의 크기에 대한 이야기로 돌아왔다. 우리가 사막을 다른 것과 비교하면 할수록 사막은 점점 더 위대하고 크고 훌륭한 것처럼 여겨졌다. 사막과 비교할 만한 것을 계속 찾던 중에 톰은 결국 사하라 사막이 중국과 똑같은 크기라는 것을 발견했다. 그리고 우리에게 중국의 지도를 펼쳐 보여주면서 세상에서 중국이 차지하는 넓이가 얼마나 되는지를 알려주었다. 그런 것까지 생각하다니 정말 멋진 일이 아닐 수 없었다. 그래서 나는 말했다.

　"나는 이 사막에 대해서 이야기를 여러 번 들어봤지만, 지금까지는 이 사막이 그렇게 중요한 것인지 몰랐어."

　그러자 톰이 말했다.

　"중요하다고? 사하라 사막이 중요하단 말이야? 그게 바로 사람들이 흔히 생각하는 방식이지. 뭔가가 아주 크면 중요하다고 여기는 것 말이야. 사람들이 의미를 찾는 것은 그게 전부야. 사람들의 눈에 보이는 것은 오직 크기뿐이지. 하지만 영국을 봐. 영국이야말로 이 세상에서 가장 중요한 나라야. 하지만 영국은 중국의 조끼 호주머니 속에 들어갈 정도지. 그뿐만 아니라 다음에 영국이 필요해서 다시 찾으려면 호주머니 속을 몽땅 뒤져야 할 거야. 아니면 러시아를 봐. 러시아는 온 사방으로 넓게 퍼져 있어. 하지만 그 광대한 국토의 크기만큼 중요하다고 할 수는 없지."

그때 우리는 저 멀리 세계의 가장자리에 서 있는 것처럼 보이는 작은 언덕을 보았다. 톰은 잠시 말을 멈추더니 망원경을 꺼내들고 살펴보았다. 그리고 잔뜩 흥분한 어조로 말했다.

"저거야! 저게 바로 내가 찾았던 거야. 확실해. 만약 내 생각이 맞다면, 저건 사람들을 데리고 들어가서 온갖 보물을 찾았던 회교도의 언덕이야."

우리는 열심히 그것을 바라보았다. 톰은 『아라비안 나이트』에 나오는 이야기를 들려주기 시작했다.

제 10 장
보물의 언덕

톰은 다음과 같은 이야기를 들려주었다.

태양이 이글이글 타오르는 무더운 날에 한 회교도가 이 사막 위를 터벅터벅 걸어가고 있었다. 그는 이미 수천 마일을 걸어왔다. 그에게는 돈도 한푼 없었고 먹을 것도 없었다. 몸은 지칠대로 지쳐서 몹시 화가 난 상태였다. 그가 지금 우리가 있는 이곳까지 왔을 때, 백 마리의 낙타를 몰고 가는 낙타 몰이꾼을 만났다. 회교도가 말했다.

"이 낙타들이 당신 겁니까?"

"그렇습니다. 제 낙타들이죠."

"빚진 것이 있습니까?"

"누구요? 저 말입니까? 아니요."

"낙타를 백 마리씩이나 소유하고 빚도 한푼 없는 사람이라면 부자시군요. 그것도 그냥 평범한 부자가 아니라 굉장한 부자겠어요."

낙타 몰이꾼이 그렇다고 대답하자, 회교도가 말했다.

"그렇다면 나에게 얼마간의 돈을 좀 꿔 주실 수 있겠소? 며칠 동안 먹은 게 아무것도 없답니다."

그러자 낙타 몰이꾼이 대답했다.

"그럴 수는 없습니다. 처음 본 사람에게 돈을 꿔 주어서 언제 돌려받을 수 있을지 어떻게 압니까?"

"하나님은 당신을 부자로 만드시고 나는 가난뱅이로 만드셨습니다. 하나님께는 그럴 만한 이유가 있으셨겠지요. 현명한 사람들은 하나님의 이름으로 축복을 받을 것입니다. 하지만 하나님께서는 또한 부자들에게 가난한 사람들을 도와주라고 명령을 내렸습니다. 그런데 형제여, 당신은 나의 요구를 외면하고 나를 모르는 척했으니, 하나님께서 이 일을 기억하실 겁니다. 그러므로 당신은 이 모든 것을 잃게 될 것입니다."

이 말을 들은 낙타 몰이꾼은 겁에 질렸다. 하지만 동시에 그는 천성적으로 돈에 대한 욕심이 많았으므로, 단 한푼도 주고 싶지 않았다. 그래서 낙타 몰이꾼은 이런저런 변명을 하면서 설명을 하기 시작했다. 낙타 잔등에 물건을 잔뜩 싣고 장이 서는 먼 도시까지 가기는 했지만, 올 때는 아무 물건도 싣고 오지 못했다. 그래서 이번 여행에서는 별로 큰 이익을 내지 못해 자신도 어려운 상황이라는 것이었다.

그러자 회교도가 다시 말했다.

"좋습니다. 당신이 위험을 불러들이고 싶다면 말입니다. 하지만 지금 당신은 커다란 실수를 한 겁니다. 그리고 좋은 기회를 놓쳤습니다."

당연히 낙타 몰이꾼은 자신이 어떤 기회를 놓쳤는지 알고 싶어했다. 어쩌면 돈을 벌 수 있는 기회였는지도 모르기 때문이다. 그래서 낙타 몰이꾼은 회교도의 뒤를 따라가 제발 자비를 베풀어서 자기에게 무슨 기회인지 알려달라고 매달렸다. 마침내 회교도가 지친 듯이 입을 열었다.

"저기 저 언덕이 보이나요? 저 언덕에 이 세상 모든 보물들이 다 감추어져 있습니다. 나는 특별히 친절한 마음씨와 고귀하고 관대한 성품을 가진 사람을 찾아 이 근처를 돌아다니고 있습니다. 왜냐하면 그런 사람을 처음 발견하는 대로 내가 가지고 있는 고약을 그의 눈에 발라주려고 했던 것입니다. 그러면 그 사람은 보물을 찾을 수 있게 될 테니까요."

그 말을 듣자, 낙타 몰이꾼은 온몸에 진땀이 났다. 그는 눈물을 흘리며 무릎을 꿇고 애원을 했다. 그리고 자신이 바로 그런 사람이라고 말했다. 방금 전에 그가 한 말에 그보다 더 딱 들어맞는 사람은 없다고 말해줄 수 있는 사람들을 당장이라도 수천 명 데리고 올 수 있다는 것이었다.

"좋소. 그렇다면."

회교도가 말했다.

"백 마리의 낙타에 보물을 잔뜩 싣게 되면, 그 절반은 나에게 주겠소?"

낙타 몰이꾼은 너무 기뻐서 웃음을 참지 못했다.

"그럼 승낙한 겁니다."

그리하여 두 사람은 계약이 성사되었음을 알리는 악수를 나누었다. 그리고 회교도는 상자를 꺼내어 고약을 낙타 몰이꾼의 오른쪽 눈에 문질렀다. 그러자 언덕이 열렸다. 낙타 몰이꾼이 안으로 들어갔다. 그 안은 하늘에서 별들이 몽땅 떨어진

것처럼 반짝거리는 보석과 황금으로 가득 차 있었다.

낙타 몰이꾼과 회교도는 안으로 들어가 낙타마다 더 이상 실을 수 없을 정도로 잔뜩 보물을 실었다. 두 사람은 각기 50마리씩 낙타를 나누어 가진 다음, 헤어졌다. 하지만 잠시 후에 낙타 몰이꾼이 허겁지겁 달려와서 회교도를 붙잡았다. 그리고 말했다.

"당신은 사업을 하는 사람이 아니잖소. 그러니 지금 가지고 있는 것이 전부 필요하지는 않을 거요. 그러니 선의를 베풀어서 당신 낙타 중에 열 마리만 주시겠소?"

"좋아요."

회교도가 말했다.

"난 잘 모르겠지만, 당신이 하는 말이 충분히 그럴 듯하게 들리는군요."

그래서 회교도는 낙타 열 마리를 내주었다. 두 사람은 헤어졌고 회교도는 40마리의 낙타를 끌고 길을 떠났다. 하지만 곧 낙타 몰이꾼이 또다시 허겁지겁 달려왔다. 그리고 이런저런 핑계와 호소를 하며 그에게 또다시 열 마리의 낙타를 달라고 간청했다. 30마리의 낙타에 실은 보물만으로도 그는 충분할 것이다. 왜냐하면 회교도의 생활이란 아주 검소하기 때문이다.

하지만 그것이 끝이 아니었다. 이 끈질긴 낙타 몰이꾼은 마침내 백 마리의 낙타 전부를 되찾을 때까지 계속 따라오고 또 따라와서 간청하고 매달렸다. 마침내 원하던 대로 일을 끝낸 낙타 몰이꾼은 너무나 흡족한 마음으로 회교도에게 평생토록 그를 잊지 않겠다고 말했다. 어느 누구도 자신에게 그처럼 친절하고 관대했던 사람은 없었다는 것이었다. 작별의 악수를 나눈 두 사람은 각기 헤어져서 다시 길을 떠났다.

하지만 여러분이 상상할 수 있는 것처럼, 불과 십 분도 지나지 않아 낙타 몰이꾼은 다시 불만스런 생각이 들었다. 그래서 다시 회교도의 뒤를 쫓아갔다. 낙타 몰이꾼은 이번에는 회교도에게 다른 쪽 눈에도 고약을 문질러 달라고 요청했다.

"이유가 뭡니까?"

회교도가 물었다.

"당신도 아시지 않습니까."

낙타 몰이꾼이 대답했다.

"뭘 안다는 거죠?"

"날 속이지 마십시오."

낙타 몰이꾼이 말했다.

"당신은 지금 나에게 뭔가를 숨기고 있습니다. 그러니까 제 생각에는 다른 한쪽 눈에도 고약을 문지른다면, 값비싼 보물을 더 많이 볼 수 있을 거란 말입니다. 그러니 제발 고약을 발라 주십시오."

회교도가 말했다.

"나는 아무것도 당신에게 숨기는 것이 없습니다. 그러니까 만약 고약을 당신 눈에 바르면 무슨 일이 일어날지 기꺼이 말씀드리지요. 당신은 두 번 다시 앞을 보지 못하게 될 것입니다. 그리고 평생 동안 앞을 못 보는 장님으로 지내게 될 것입니다."

하지만 여러분도 예상할 수 있는 것처럼 이 욕심 많은 남자는 그의 말을 믿지 않았다. 오히려 간청하고 또 간청했다. 나

중에는 화를 내고 눈물을 흘리기까지 했다. 마침내 회교도가 상자를 열고 그렇게 원한다면 고약을 발라주겠다고 말을 할 때까지 말이다. 결국 낙타 몰이꾼은 눈에 고약을 발랐고 순식간에 박쥐처럼 앞을 못 보게 되었다.

그러자 회교도가 그를 보고 깔깔 웃어대며 조롱을 했다. 그리고 말했다.

"잘 있게나. 눈 먼 장님에게 보석이 무슨 소용이 있겠나."

회교도는 백 마리의 낙타를 모두 끌고 사라져 버렸다. 눈 먼 낙타 몰이꾼은 평생토록 친구 하나 없이 가난하고 비참한 모습으로 사막을 방황하였다.

짐은 이 이야기가 자기에게 정말 커다란 교훈을 주었다고 감탄해서 말했다.

"그래."

톰이 말했다.

"그리고 대개의 사람들이 얻는 수많은 교훈들과 마찬가지로 이 교훈도 사실 아무런 소용이 없어. 왜냐하면 인생에서 똑같은 사건이 똑같은 방식으로 다시 일어나는 일은 없기 때문이야. 헨 스코빌이 말에서 떨어져 평생토록 꼽추가 되었을 때를 생각해봐. 모든 사람들이 그에게 좋은 교훈이 되었을 거라고 말했지. 하지만 도대체 무슨 교훈이 되었다는 거야? 그 교훈이 그에게 무슨 쓸모가 있다는 거지? 그는 더 이상 말에 올라탈 수도 없었어. 그러니 다시는 등뼈가 부러질 일도 없었지."

"톰 도련님, 그런 것은 경험으로 배우는 거지요. 속담에도 한번 불에 덴 아이는 불을 피한다는 말이 있구만요."

"글쎄, 만약에 어떤 일이 똑같은 식으로 두 번 일어날 수만 있다면, 나도 그런 말이 교훈이 된다는 걸 부인하지는 않겠어. 세상에는 그런 일들이 많지. 그리고 사람들은 그런 것을 가지고 교육을 한단 말이야. 애브너 아저씨가 항상 하는 말이 다 그런 거야. 하지만 말이야, 세상에는 똑같은 식으로 두 번 되풀이되는 법이 절대로 없는 일들도 무려 사백만 종류나 있다구. 그런 경우에 교훈은 전혀 쓸데가 없어. 천연두만큼이나 아무런 쓸모가 없단 말이야. 이미 천연두에 걸렸는데, 미리 예방주사를 맞아야 했다는 사실을 깨닫는다 한들 무슨 소용이 있느냐구. 천연두에 걸린 후에 예방주사를 맞는 것은 쓸데없는 짓이지. 왜냐하면 천연두는 평생 딱 한 번만 걸리는 병이니까 말이야. 애브너 아저씨 같은 사람은 또 이렇게 말해. 한 번 황소 꼬리에 매달려 본 사람은 한 번도 매달려 보지 못한 사람보다 60배 혹은 70배나 더 많은 걸 알게 된다고. 또 이런 말도 했어. 고양이 꼬리를 잡고 집까지 데리고 와 본 사람은 평생 유용하게 쓸 수 있는 지혜를 얻게 되어 다시는 어떤 일에도 주저하거나 망설이지 않는다고 말이야. 하지만 짐, 나는 애브너 아저씨는 무슨 일이 일어나든지간에 항상 어떤 교훈을 얻어내려고 발버둥을 치는 사람들을 몹시 싫어한다고 분명히 말할 수 있어."

하지만 이미 짐은 완전히 곯아떨어져 있었다. 톰은 심한 모욕이라도 당한 사람처럼 보였다. 당연한 일이었다. 상대방이 굉장히 감탄하고 있을 거라고 상상하면서 한참 너무나 훌륭한 연설을 신나게 하고 있는데, 상대방이 이렇게 잠들어버린 것을 알게 된다면 누구나 기분이 나쁠 것이다. 물론 짐도 어쩔 수 없는 일이었다. 굉장히 지쳐 있었기 때문이다. 하지만 훌륭한 연설일수록 청중들은 더욱 확실하게 잠이 드는 법이다. 그러므로 이 문제는 아무리 살펴보아도 특별히 누구의 잘못이라고 할 수 없었다. 책임이 있다면 두 사람 모두에게 있었다.

이제 짐은 코를 골기 시작했다. 처음에는 나지막하고 부드럽게 코를 골더니, 그 다음에는 이따금 빠드득 빠드득 이를 갈았다. 그리고 훨씬 더 강하게 코를 골기 시작했다. 목욕물이 마지막에 욕조 바닥의 수채 구멍으로 한꺼번에 빠져나갈 때 나는 소리처럼, 끔찍하고 무시무시한 소리였다. 잠시 후에는 그와 똑같은 소리이지만 훨씬 더 강도가 높은 소리가 들려왔다. 그리고 커다란 숨소리와 더불어 거센 콧바람 소리가 들려오기 시작했다. 그것은 마치 커다란 황소가 목이 졸려 숨이 넘어가기 직전에 내는 소리 같았다.

이 정도 지경에 이르면, 사람이 낼 수 있는 가장 높은 단계의 코고는 소리라고 할 수 있다. 그리고 한 블럭 떨어진 곳에 사는 사람이라도 깨울 수 있을 것이다. 하지만 이렇게 끔찍하고 무시무시한 소음으로도 자기 자신만은 깨울 수 없었다. 왜냐하면 코에서부터 불과 3인치밖에 떨어지지 않은 자신의 귀에는 절대 들리지 않기 때문이다. 내가 보기에 이것이야말로 세상에서 가장 신기한 일이 아닐 수 없다. 하지만 촛불을 붙이기 위해 성냥이라도 그어 보아라. 그러면 성냥이 스치는 그 작은 소리에도 짐은 반짝 눈을 뜰 것이다. 나는 도대체 그 이유가 무엇인지 알고 싶다. 하지만 도무지 알아낼 길이 있을 것 같지 않았다.

지금 저기 짐이 있다. 사막에 대해 감탄하고 수십 마일을 돌아다니며 짐승들을 잡고 하늘에서 무슨 일이 벌어지고 있는지 살펴보던 짐이 있다. 짐이야말로 자신이 내는 콧소리에 이 세상 어느 누구보다도 가장 가까이 있으면서도 결코 괴로워하지 않는 유일한 존재인 것이다. 우리는 짐에게 소리를 지르고 몸을 흔들어보기도 했지만 전혀 소용이 없었다. 하지만 어디선가 이상한 낯선 소리가 희미하게 들려오자마자, 짐은 번쩍 눈을 떴다. 나는 그것으로 모든 것이 끝났다고 생각했다. 톰도 마찬가지였다. 왜 코고는 사람은 자신의 코고는 소리를 듣지 못하는지 더 이상 알아낼 방법이 없었다.

짐은 자신이 한숨도 자지 않았다고 주장했다. 단지 눈을 감고 있었기 때문에, 주위의 소리를 더 잘 들을 수 있었다는 것이었다.

톰은 아무도 그에게 뭐라고 한 사람도 없는데 왜 그러느냐고 말했다.

그 말을 들은 짐은 차라리 아무 말도 하지 말고 가만히 있을 걸 그랬다고 후회하는 빛이 역력했다. 그래서 얼른 다른 쪽으로 화제를 돌리고 싶었던 모양이다. 왜냐하면 갑자기 낙타 몰이꾼을 욕하기 시작했기 때문이다. 마치 무슨 나쁜 일을 하다 들킨 사람이 발뺌을 하려고 다른 사람에게 책임을 돌리는 것과 같았다. 짐은 낙타 몰이꾼이야말로 자기가 알고 있는 가장 나쁜 놈이라고 말했다. 나도 그의 말에 동의하지 않을 수 없었다. 짐은 또 그 회교도야말로 세상에서 가장 착한 사람이라고 칭찬을 했다. 나는 그의 말에 또다시 동의하지 않을 수 없었다. 하지만 톰은 그렇게 생각하지 않았다.

"꼭 그렇다고는 할 수 없어. 너희들은 그 회교도가 너무 너무 너그럽고 선량하고 남을 위하는 사람이라고 말하지만, 나는 그렇게만 볼 수는 없다고 생각해. 과연 그 회교도가 다른 가난한 회교도를 찾아다녔을까? 아니, 그러지 않았어. 만약 그가 그렇게 욕심이 없는 사람이라면, 왜 자신이 직접 언덕 안으로 들어가서 호주머니에 보석을 넣어가지고 나오는 것만으로 만족하지 못했을까? 아니야. 그 대신 회교도는 백 마리의 낙타를 가진 사람의 뒤를 쫓아갔어. 최대한 보석을 많이 가지고 나오고 싶었던 거야."

"하지만 톰 도련님, 그 사람은 기꺼이 공평하게 보물을 나누지 않았는감유. 그저 50마리 낙타만 가지려고 했구만요."

"왜냐하면 결국에는 100마리 낙타를 모두 가지게 될 것이라는 걸 알고 있었기 때문이지."

"톰 도련님, 그 사람은 안약을 바르면 눈이 멀게 된다는 것도 말해주었구만요."

"그래. 왜냐하면 낙타 몰이꾼의 성격을 너무나 잘 알고 있었기 때문이야. 회교도가 찾아다녔던 사람이 바로 그런 성격을 지닌 사람이었던 거지. 다른 사람의 말을 절대로 믿지 않는 사람, 혹은 다른 사람의 정직성을 믿지 않는 사람 말이야. 왜냐하면 자기 자신이 정직하지 못하니까 말이야. 나는 이 회교도와 같은 사람이 아주 많다고 생각해. 그런 사람들은 이렇게 저렇게 사기를 치지. 하지만 언제나 다른 사람이 자신에게 사기를 치는 것처럼 보이도록 한단 말이야. 그들은 항상 법이라면 글자 하나하나까지 철저하게 지키니까 그들을 붙잡을 길이 없어. 그들은 자기 눈에는 절대 고약을 바르지 않아. 아니, 안되지. 그럼 죄를 짓는 것이 될 테니까. 하지만 그 사람

들은 어떻게 너를 속여서 스스로 고약을 바르게 할 수 있는지
그 방법을 알고 있단 말이야. 그리고 결국 눈이 멀게 되는 건
바로 너야. 나는 회교도나 낙타 몰이꾼이나 똑같다고 생각
해. 한 놈은 똑똑하고 영리하고 멋진 악당이고 다른 한 놈은
무식하고 멍청하고 거칠기 짝이 없는 악당이야. 하지만 어쨌
든 두 놈 다 악당이라는 점에서는 똑같아."

　"톰 도련님, 이 세상에 그런 고약이 또 있을 거라고 생각하
시나요?"

　"그럼, 애브너 아저씨가 있다고 말씀하셨어. 뉴욕에서 그런

고약을 샀다고 말이야. 그걸 시골 사람들의 눈에 바르면 전세계의 모든 기차가 다 눈앞에 나타난다는 거야. 시골 사람들이 기차에 올라타면, 그들은 다른 한쪽 눈에 나머지 고약을 바르고 동네 사람들에게 작별 인사를 하며 기차를 타고 떠나가 버린다고 하더군. 어쨌든 저기 보물 언덕이 있다. 좀더 밑으로 내려가자!"

우리는 땅에 착륙했다. 하지만 내가 상상했던 것처럼 그렇게 흥미로운 일은 일어나지 않았다. 왜냐하면 보물 동굴 속으로 들어갈 수 있는 입구를 찾을 수가 없었기 때문이었다. 그래도 신나고 재미있는 일이기는 했다. 그 언덕을 구경하는 것만으로도 충분히 놀랍고 신기했기 때문이었다. 짐은 이런 구경거리라면 3달러를 쓴다 해도 아깝지 않을 거라고 말했다. 나도 똑같은 심정이었다.

하지만 그 무엇보다도 나와 짐이 참으로 신기하고 놀랍게 생각한 것은, 톰이 이렇게 낯설고 넓은 나라 안에서 이 작은 언덕이 있는 곳을 알아내어 헤매지도 않고 곧장 찾아왔다는 사실이었다. 게다가 그와 비슷하게 생긴 다른 수백만 개의 언덕들 중에서 이 언덕을 구별해낼 수 있다는 것도 놀랍기만 했다. 톰은 누구의 도움도 받지 않고 오직 자기가 공부한 지식과 타고난 영리함만으로 이 모든 일을 해낸 것이다.

짐과 나는 여러 번 이 일에 대해 이야기를 나누었다. 하지만 톰이 어떻게 그런 일을 할 수 있는지 도무지 알 수가 없었다. 톰이야말로 내가 이 세상에서 만난 가장 똑똑한 애였다. 부족한 점이라고는 나이가 어리다는 사실 하나뿐이었다. 그렇지 않으면 키드 선장이나 조지 워싱턴과도 이름을 견줄 수 있을 것이다. 내가 장담하지만, 이런 언덕을 발견하려면 그 사람들이 떼거지로 몰려와서 그들의 머리를 모두 다 합친다고 해도 부족할 것이다. 하지만 톰 소여에게는 아무것도 아니었다. 그는 사하라 사막을 건너와서 마치 천사들의 무리 속에서 흑인 한 명을 집어내듯이 아주 간단하게 이 언덕을 꼭 집어내었다.

우리는 근처에서 소금물이 고여 있는 연못을 발견했다. 그래서 연못 가장자리에 말라붙어 있는 소금을 긁어내어 사자 가죽과 호랑이 가죽에 잔뜩 담았다. 그렇게 하면 짐이 가죽을 햇볕에 완전히 말릴 때까지 가죽을 보관할 수 있을 것이다.

제 11 장
모래 폭풍

우리는 하루 이틀 정도 한가롭게 사막 위를 떠돌아다녔다. 둥근 보름달이 사막 저편 바닥을 환하게 비추었을 때, 우리는 작고 검은 손가락 같은 줄이 은빛으로 반짝이는 사막의 얼굴 위를 가로질러 움직이고 있는 것을 발견했다. 마치 달 위에 잉크로 그림을 그려놓은 듯이 선명하게 볼 수 있었다. 그것은 또 다른 캐러밴 일행이었다. 우리는 기구의 속력을 최대한 낮추어서 그 뒤를 조심스럽게 따라갔다. 비록 그들이 가는 곳은 우리가 가는 방향과는 달랐지만, 한동안 일행이 되고 싶었다.

요란한 소리를 내며 움직이는 캐러밴의 행렬은 아주 멋진 구경거리였다. 다음날 아침에 태양이 사막 위로 환한 햇살을 쏟아붓자, 금빛 모래 위에 낙타의 긴 그림자가 드리워졌다. 그것은 마치 수천 명의 할아버지들이 긴 다리를 끌며 줄을 맞추어 행진을 하고 있는 것 같았다.

우리는 절대로 캐러밴 일행 근처로 다가가지 않았다. 그렇게 하는 편이 더 낫다는 것을 알고 있었기 때문이었다. 또다시 가까이 다가갔다가는, 사람들과 낙타를 놀라게 하고 캐러밴 행렬을 엉망으로 만들어 놓을 것이다.

그들이 입고 있는 화려하고 이국적인 의상은 생전 처음 보는 멋진 모습이었다. 족장들 중에 몇몇 사람은 단봉 낙타를 타고 있었다. 생전 처음 본 이 단봉 낙타는 무척 키가 컸다. 그리고 마치 죽마를 타고 있는 것처럼 껑충껑충 걸어갔다. 낙타 등에 올라탄 사람은 상당히 심하게 흔들리고 있어서 뱃속이 마구 울렁거릴 것 같았다. 하지만 그들은 우아하고 편안하게 여행을 즐기고 있었다. 그리고 한 마리의 낙타도 뒤처지는 법이 없었다.

한낮이 되자, 캐러밴은 잠시 캠프를 쳤다. 그리고 오후가 되자, 다시 길을 떠났다. 얼마 전부터 태양이 아주 흥미로운 빛깔을 띠기 시작했다. 처음에는 마치 구리처럼 변하더니 곧 청동처럼 변했다. 그리고 나서는 마치 빨갛게 달아오른 둥근 공처럼 보였다. 공기는 점점 더 뜨거워졌다. 갑자기 서쪽 하늘이 점점 어두워지더니 뿌옇고 짙은 안개가 낀 것 같았다. 붉은 유리 조각을 통해 보았을 때처럼, 하늘은 아주 무시무시하고 끔찍한 빛깔을 하고 있었다.

아래를 내려다본 우리는 캐러밴 행렬에서 엄청난 소동이 벌어지고 있다는 사실을 알았다. 그들은 잔뜩 겁을 먹은 듯이 온 사방으로 뿔뿔이 흩어졌다. 그리고 모두들 모래 위에 납작 엎드려서 죽은 듯이 꼼짝도 하지 않았다.

얼마 후에 우리는 무언가가 다가오고 있는 것을 보았다. 그것은 엄청나게 커다란 벽처럼 우뚝 서서 사막 저편에서부터 이쪽 하늘로 돌진해오고 있었다. 곧 태양이 가려졌다. 그것은 거대한 땅덩어리처럼 다가오고 있었다. 그때 희미한 산들바람 같은 것이 불어왔다. 순식간에 바람이 거세지기 시작하더니 모래 알갱이가 우리 얼굴을 세차게 때렸다. 마치 불에 데인 듯이 따끔거렸다. 톰이 황급히 소리를 질렀다.

"모래 바람이야! 바람 쪽으로 등을 돌려!"

우리는 시키는 대로 했다. 몇 분 안에 돌풍이 불어왔다. 우박처럼 모래가 우리 위로 쏟아져내리기 시작했다. 바람에 날려온 모래가 너무나 자욱해서 아무것도 볼 수가 없었다. 5분 만에 기구는 모래로 가득 찼고 우리는 턱까지 모래에 파묻힌 채, 상자 위에 앉아 있었다. 목만 겨우 밖으로 내놓고 있었지만, 숨도 쉬기 어려웠다.

다행히도 폭풍이 곧 사그라들었다. 우리는 그 무시무시한 벽이 사막 저편으로 멀리 사라지는 것을 보았다. 정말 끔찍한 광경이었다. 우리는 모래더미를 헤치고 빠져나와 캐러밴이 있던 아래쪽을 내려다보았다. 단지 막막한 모래바다가 펼쳐져 있을 뿐 아무것도 없었다. 쥐죽은 듯이 고요하고 숨소리조차 들리지 않았다. 그 모든 사람들과 낙타들이 전부 모래더미 속에 파묻혀 질식해서 죽은 것이다. 아마도 10피트(3.048m) 정도의 모래 더미 아래 묻혔을 것이라고 우리는 생각했다. 톰은 바람에 모래가 쓸려나가고 다시 그 사람들의 시체가 나타나려면 몇 년은 있어야 할 것이라고 말했다. 캐러밴의 친구들이나 가족들도 그들에게 무슨 일이 일어났는지 알 수 없을 것이다.

톰이 입을 열었다.

"이제 지난번에 우리가 칼과 권총을 가져왔던 그 사람들에게 무슨 일이 일어났던 것인지 알겠어."

그렇다. 바로 그런 일이 일어난 것이다. 이제 모든 것이 명백하게 밝혀졌다. 그들은 모래 폭풍 속에 파묻힌 것이다. 그래서 들짐승들도 그들을 찾아낼 수 없었던 것이다. 바람에 휩쓸려 다시 모습을 드러냈을 때에는 이미 사람들의 시체가 완전히 말라서 뜯어먹을 수도 없을 정도가 되어버렸던 것이다.

내 생각에 우리는 지난번의 가엾은 사람들에 대해서도 응당 똑같이 안타까운 마음을 느꼈어야만 했다. 죽은 사람이 누구든지간에 으레 하듯이, 슬퍼하고 조의를 표했어야만 했다. 하지만 그러지 않았다. 우리에게는 이번에 만난 캐러밴의 죽음이 훨씬 더 가슴 아프게 느껴졌다.

여러분도 아시다시피, 지난번 캐러밴들은 전혀 모르는 사람들이었다. 우리에게는 그 사람들에게 친근감을 느낄 수 있는 기회조차 없었다. 하지만 이번에는 달랐다. 우리는 하룻밤과 한나절 동안을 꼬박 그들의 머리 위에서 함께 날아왔다. 그리고 정말로 그들과 친구가 된 듯한 기분을 느끼고 있었던 것이다.

나는 이번 일을 통해서 함께 여행을 해보는 것만큼, 그 사람이 좋아할 만한 사람인지 싫어할 사람인지를 가장 확실하게 알아낼 수 있는 방법은 없다는 사실을 깨달았다. 바로 이 캐러밴의 경우가 그러했다. 우리는 처음부터 이 사람들이 마음에 들었다. 그리고 마지막까지 이들과 함께 움직이며 여행을 했다. 그들과 여행을 하면 할수록, 그들의 사는 방식에 익숙해지면 질수록, 우리는 점점 더 그들을 좋아하게 되었다. 그리고 그런 사람들을 만나게 된 것을 무척 기쁘게 생각했던 것이다.

우리는 그들을 너무나 잘 알게 되어서 심지어 우리끼리 이야기를 나눌 때에는 그들의 이름을 부를 정도였다. 하룻밤 후에는 부인이니 선생이니 하는 존칭까지 빼먹을 정도로 친근하고 다정하게 느껴졌다. 그렇게 부르는 것이 조금도 무례하게 생각되지 않고 당연한 일처럼 받아들여졌던 것이다. 물론 그것은 진짜 그들의 이름이 아니라, 우리가 붙여준 이름에 불과했지만 말이다.

그 중에는 엘렉산더 로빈슨씨와 아델라인 로빈슨 양이 있었다. 또 콜 야곱 맥도걸과 해리엇 맥도걸 양이 있었고 제레미아 버틀러 판사와 어린 부쉬로드 버틀러도 있었다. 이들은 이 행렬의 우두머리들이었다. 이들과 이들의 가족들은 휘황찬란한 터번과 두건을 머리에 두르고 위대한 모글족처럼 옷을 입고 있었다. 그들에 대해서 좀더 자세히 관찰하고 나자, 우리는 곧 이들을 무척 좋아하게 되었다. 누구 누구 씨니 판사니 하는 호칭은 더 이상 붙이지 않게 되었다. 그저 엘렉이나 애디 혹은 제이크, 해티, 제리 그리고 벅 등등으로 불렀다.

여러분도 아시다시피, 기쁨과 슬픔을 함께 나눈 사람일수록 더욱더 소중하고 가깝게 느껴지는 법이다. 이제 우리는 대부분의 여행자들이 그렇듯이, 냉정하고 무관심한 사이가 아니었다. 다정하고 친근감 넘치는 사이가 되었던 것이다. 그리고 어떤 일이 일어나든지 운명을 같이하고 싶었다. 캐러밴들은 언제든지 우리의 도움을 요청할 수도 있었다.

그들이 걸음을 멈추고 캠프를 칠 때면, 우리도 그들이 있는 곳에서부터 천 피트나 천이백 피트 정도 떨어진 상공 위에 캠프를 쳤다. 그들이 식사를 할 때면 우리도 식사를 했다. 그들과 함께 있노라면, 마치 고향에 돌아온 듯이 아늑한 기분을 느꼈었다.

그날 밤에 캐러밴들은 결혼식을 했었다. 벅과 애디가 결혼을 한 것이다. 우리는 교수의 옷 중에서 그나마 가장 깨끗하고 말쑥한 옷을 차려입고 결혼식을 지켜보았다. 그들이 신나게 춤을 출 때면, 우리도 그들의 머리 위에서 발을 구르며 함께 춤을 추었다.

하지만 이제는 그 모든 일들이 가슴 아픈 기억과 슬픔으로 다가올 뿐이었다. 우리에게 남은 일은 장례식을 치르는 일뿐이었다. 다음날 아침, 아직도 어둑어둑한 어둠이 남아 있는 이른 새벽에 우리는 장례식을 거행했다.

우리는 죽은 사람들을 잘 몰랐다. 그들은 우리 고향 사람들도 아니었다. 하지만 그런 것은 아무런 문제가 되지 않았다. 캐러밴의 일행이라면 그것만으로 충분했다. 천백 미터 상공 위에서 우리가 그들을 위해 흘린 눈물보다 더 진지하고 진심 어린 눈물을 흘려줄 사람은 없었을 것이다.

그랬다. 이 캐러밴들과 헤어지는 것은 지난번에 만난 그 캐러밴들과 헤어지는 것보다 몇 배는 더 가슴 아프고 고통스러운 일이었다. 사실 그들은 이 캐러밴들에 비해 우리가 잘 모르는 낯선 사람들이었고 게다가 이미 오래전에 죽은 사람들이었으니까. 만약 우리가 그들이 살아 있을 때부터 잘 알고 좋아했었더라면, 그리고 바로 우리가 지켜보는 앞에서 죽음이 그들을 데려가 버렸다면, 그래서 우리를 이 드넓은 사막 한가운데 친구 한 명 없이 외롭고 쓸쓸하게 남겨 두었다면, 우리는 당연히 그들의 죽음을 진심으로 가슴 아파하고 슬퍼했을 것이다. 이런 식으로 또다시 친구를 잃게 될 것이라면 차라리 다시는 더 이상 여행 중에 친구를 만들지 않는 편이 낫겠다는 생각이 들 정도였다.

우리는 죽은 캐러밴들을 자꾸만 떠올리지 않을 수 없었다. 그들은 우리의 기억 속에서 언제까지나 지워지지 않았다. 캐러밴과 우리가 모두 함께 살아서 행복했을 때의 모습이 눈앞에 아른거렸다. 지금이라도 구불구불 이어지는 그들의 행렬이 사막에 나타날 것 같았고 날카로운 창 끝이 태양빛을 받아 반짝거릴 것만 같았다. 그들과 함께 터벅터벅 걸어가던 단봉낙타와 흥겹고 성대했던 결혼식, 그리고 서글픈 장례식이 아직도 생생하기만 했다.

다른 무엇보다도 경건하게 기도를 드리던 모습이 선명하게 기억에 남았다. 어떤 일이 있어도 날마다 기도 드리는 일만큼은 결코 빼먹지 않았기 때문이다. 하루에도 몇 번씩 기도 시간을 알리는 종소리가 들리면, 그들은 가던 걸음을 즉시 멈추고 그 자리에 똑바로 서서 동쪽을 향해 얼굴을 돌렸다. 그리고 두 팔을 번쩍 치켜들고서 네 번이나 다섯 번 정도 무릎을 꿇고 이마가 땅에 닿을 정도로 완전히 엎드려 절을 했다.

하지만 아무리 그들을 추억하며 이야기를 한다 해도 아무런 소용이 없는 일이었다. 그들의 생활이 얼마나 낭만적이었고 그들의 삶과 죽음이 얼마나 우리에게 소중한 것이었는지 떠들어봤자, 그들이 되살아날 리는 없고 괜히 우리 마음만 자꾸

무거워질 뿐이기 때문이다.

짐은 앞으로 최선을 다해서 착하게 살겠노라고 다짐했다. 그래서 더 나은 세상에서 이 캐러밴들을 다시 만나게 될 날을 기다리겠다는 것이었다. 톰은 잠자코 입을 다문 채, 사실은 이들이 마호메트 교도라는 말을 하지 않았다. 더 이상 짐을 실망시킬 수는 없는 일이었다. 지금 이대로도 짐은 충분히 괴로워하고 있었다.

다음날 아침이 되어 잠에서 깨어났을 때, 우리는 기분이 훨씬 더 밝아진 것을 느꼈다. 아주 깊고 편안한 잠을 자고 일어났기 때문이었다. 사막의 모래는 이 세상 다른 어떤 것보다도

가장 평화롭고 안락한 잠자리였다. 나는 모래를 충분히 이용할 수 있는 사람들도 왜 모래를 쓰지 않는지 그 이유를 알 수가 없었다. 모래는 또한 기구의 균형을 잡는 데에도 아주 훌륭한 역할을 해주었다. 지금까지 기구가 이보다 더 안정감 있게 움직인 적은 없었다.

　톰은 이 기구 안에 적어도 20톤 정도의 모래가 날아 들어온 것 같다고 말했다. 그리고 이 모래를 어떻게 하면 더 잘 활용할 수 있을까 열심히 궁리했다. 아주 부드럽고 훌륭한 모래였다. 그냥 던져 버리기에는 너무 아깝게 느껴졌다. 짐이 먼저 제안을 했다.

"톰 도련님, 이 모래를 고향까지 가지고 가서 팔면 안될까요? 고향까지는 얼마나 걸리나요?"

"앞으로 어떻게 가느냐에 달려 있지."

"그러니까요, 우리 고향에서는 모래 한 짐에 15센트 정도 하잖아요. 이 정도 모래라면 스무 짐은 될 것 같구만요. 그렇지요? 그럼 이게 전부 얼마지요?"

"5달러야."

"세상에나! 톰 도련님, 당장 고향으로 돌아갑시다요! 그럼 이 절반만 팔아도 1달러도 더 받는다는 말씀이지요? 그렇지요?"

"그래."

"세상에나! 이거야말로 세상에서 가장 쉽게 돈 버는 방법이구만요. 모래가 그냥 비처럼 쏟아지니까 우리는 힘들게 일을 할 필요도 없고 말이지요. 당장 이대로 돌아갑시다요, 톰 도련님."

하지만 톰은 뭔가 곰곰이 생각하더니 정신없이 무언가를 계산했다. 너무 흥분한 나머지 짐이 옆에서 하는 말도 귀에 들어오지 않는 것 같았다. 잠시 후에 톰이 입을 열었다.

"5달러라구! 웃기지 마! 이걸 보라구. 이 모래는 도저히 상상할 수도 없을 정도로 엄청난 가치가 있는 거라구."

"어째서 그렇단 말씀인가요? 톰 도련님, 어서 말씀해보라니까요. 어서요!"

"사람들이 이 모래가 진짜 사하라 사막에서 가져온 모래라는 걸 알게 되면, 그 즉시 이 모래를 조금 가져다가 상표를 붙인 병에 담아서 기념물로 보관하고 싶은 생각이 들 거야.

틀림없어. 그럼 우리가 할 일은 그저 이 모래를 조그만 병에 담아서 미국 전역을 떠돌아다니면서 한 병에 10센트 정도만 받고 파는 거지. 이 기구 안에 담긴 이 정도 모래라면 수만 달러를 벌어들일 수 있을 거라구!"

짐과 나는 너무 기뻐서 심장이 터질 것만 같았다. 우리는 펄쩍펄쩍 뛰며 환호성을 지르기 시작했다. 톰이 말했다.

"우리는 다시 사막으로 돌아와서 모래를 가지고 가서 다시 팔 수도 있어. 그리고 또다시 왔다 갔다 계속할 수가 있다구. 온 사막의 모래를 전부 퍼다가 팔아치울 때까지 말이야. 그런다고 해도 어느 누구도 감히 우리에게 반대할 수는 없을 거야. 왜냐하면 이 모래에 대해 우리가 특허권을 낼 테니까 말이야."

"오, 하느님!"

나는 몹시 감탄했다.

"그렇다면 우리가 크레소테만큼이나 부자가 된단 말이야? 그래, 톰?"

"그래. 크레소테가 아니라 크리수스를 말하는 거겠지. 이 작은 언덕을 헤매고 돌아다니던 그 이야기 속의 회교도도 자신이 수천 마일을 가는 동안 진짜 보물을 밟고 다녔다는 사실은 몰랐을 거야. 낙타 몰이꾼만큼이나 그 자신도 눈이 멀어 있었던 거야."

"톰 도련님, 그렇다면 우리는 앞으로 얼마나 벌게 될까유?"

"글쎄, 아직은 나도 모르겠어. 하지만 계산을 해보면 되지. 4백만 평방 마일의 모래를 한 병에 10센트씩 받고 파는 것이니까. 그렇게 간단한 문제는 아니지만 말이야."

짐은 잔뜩 신이 나서 어쩔 줄 몰랐다. 하지만 어느 정도 들 뜬 기분이 가라앉고 나자, 짐은 힘없이 고개를 저으며 말했다.

"톰 도련님, 하지만 우리가 그만큼이나 많은 병을 무슨 수로 구한대요. 그건 임금님이라도 할 수 없을 거구만요. 그러니 이 사막을 몽땅 가져가지는 말자고요. 그 편이 더 좋을 거구만요. 톰 도련님, 틀림없이 병 때문에 고생을 할 텐데요."

갑자기 톰도 풀이 죽어버렸다. 나는 짐이 말한 병 때문에 그러는 것이라고 생각했다. 하지만 그게 아니었다. 톰은 조용히 앉아 뭔가 생각을 하더니 점점 더 우울한 표정이 되었다. 그리고 마침내 안타까운 목소리로 말했다.

"이봐, 친구들, 그럴 수가 없겠어. 우리는 그 일을 포기해야만 해."

"어째서?"

"의무 때문이야."

나는 톰의 말을 하나도 알아들을 수가 없었다. 짐도 마찬가지였다. 나는 물었다.

"의무라니? 톰, 무슨 말이야? 우리가 이곳을 돌아다닐 수 없기 때문이라면, 왜 그래서는 안된다는 거지? 사람들은 다들 그렇게 하잖아."

톰이 설명했다.

"내가 말하는 건 그런 종류의 의무가 아니야. 내가 말하는 의무란 납세의 의무를 말하는 거야. 세금 말이야. 나라와 나라가 접해 있는 국경 지대를 지날 때마다 말이야, 거기에는 세관이 있다구. 그리고 정부의 관리가 나와서 네가 가진 물건들을 뒤져보고는 엄청난 세금을 물린다구. 그 사람들은 그걸

납세의 의무라고 하지. 왜냐하면 어떻게든 너에게 한 방 먹이는 것이 그 사람들의 의무니까 말이야. 만약 네가 세금을 내지 않으면, 그 사람들은 네 모래를 빼앗아 버릴 거야. 그 사람들은 그런 걸 전문용어로 압수라고 하지. 하지만 누구를 속이거나 하는 것은 아니야. 그저 빼앗을 뿐이지. 그게 다야. 만약 우리가 지금까지 계획한 대로 이 모래를 고향까지 가져가려고 한다면 우리는 힘든 장벽을 계속 넘어야 할 거야. 이집트, 아라비아, 힌두스탄(역주: 인도 반도의 힌두교 지대), 이런 국경들을 넘고 또 넘고 또 넘고……그러다가 지쳐버리겠지. 그들은 모두 우리에게 세금을 매기려고 할 거야. 그리고 너희들도 곧 알게 되겠지만, 우리는 단 한발짝도 앞으로 나가지 못할 거라구."

"하지만 톰."

내가 톰의 말에 끼어들었다.

"이 형편없는 국경 위를 그냥 날아서 통과해버리면 되잖아. 그럼 어떻게 그 사람들이 우리를 막겠어."

톰이 정말 한심하다는 표정으로 나를 바라보았다. 그리고 아주 심각하게 말했다.

"허클베리 핀, 너는 그게 정직한 일이라고 생각하니?"

나는 이런 식으로 말을 가로막는 것이 제일 싫었다. 나는 단 한 마디도 하지 못했다. 톰이 계속 설명했다.

"게다가 또 다른 문제가 있어. 만약 그런 식으로 돌아간다고 해도 그곳에는 뉴욕 세관소가 기다리고 있다구. 그런데 그곳이야말로 다른 모든 세관을 다 합쳐놓은 것보다도 더 나빠. 특히 우리가 싣고 가는 이런 화물의 경우에는 말이지."

"그 이유가 뭔데?"

"당연히 미국에서는 사하라 사막의 모래를 구할 수 없잖아. 그런데 미국에서 구할 수 없는 물건을 들여올 때에는 1천4백만 퍼센트의 세금을 물어야 한다구. 다른 나라에서부터 직접 물건을 들여오려면 말이야."

"톰 소여, 그건 정말 말도 안된다."

"누가 말이 된다고 했니? 허클베리 핀, 왜 나에게 그런 말을 하는 거지? 너는 나를 탓하기 전에 먼저 내가 이건 말도 안되는 일이라고 말할 때까지 기다려야만 했어."

"좋아, 알았어. 내가 그런 말을 한 건 미안해. 어서 계속 설명을 해봐."

짐이 참지 못하고 끼어들었다.

"톰 도련님, 그 사람들은 미국에서 구하지 못하는 물건은 모두 다 세금을 매기나요? 어떤 구별 같은 것도 없나요?"

"물론 구별은 하겠지."

"톰 도련님, 그런데 주님의 은총이야말로 이 세상에서 가장 값진 것이라고 하지 않았던감요?"

"그래, 그렇다고 하지."

"그리고 강단에 서서 목사들이 이 축복을 사람들에게 내려 주지 않나요?"

"물론 그렇지."

"그 축복이 어디서 오나요?"

"하늘에서부터 오지."

"그렇지요! 분명히 그렇게 말씀하셨지요! 정말이지요, 그건 하늘에서부터 온 것이지요. 그러니까 다른 나라에서부터 말이지요. 그렇다면! 그 사람들은 축복에도 세금을 매기나요?"

"아니, 그렇지 않아."

"물론 그렇지 않지요. 톰 도련님의 생각이 틀렸다는 이유가 바로 거기 있구만요. 그 사람들은 모래 같은 물건에는 세금을 매기지 않을 거예요. 그건 모든 사람들이 가져야만 하는 거잖아요. 모든 사람들이 그것 없이는 살아갈 수 없는 그런 물건은 세금을 매기지 않고 그냥 내버려 두는 게 제일이지요."

톰 소여는 그만 말문이 막히고 말았다. 그리고 자신이 미처 생각하지 못했던 점을 짐이 생각했다는 사실을 깨달았다. 톰은 어떻게든 자기 주장을 고집하려고 애를 썼다. 그들이 그런 물건에 세금을 매기는 것을 잊어버렸을 것이라는 둥, 하지만 지금쯤은 틀림없이 기억해내고 다음 국회 소집 때에 세금을 부과할 것이라는 둥, 횡설수설하면서 온갖 변명을 다 늘어놓았지만, 전혀 그럴 듯하게 들리지 않았다. 톰도 그 사실을 알고 있었다.

톰은 외국에서 들여오는 물건 중에 세금을 물리지 않는 물건은 하나도 없다고 말했다. 만약 하나라도 세금을 물리지 않는다면 정부가 일관성을 지키지 못한 것이 되는데, 일관성 있게 법을 적용하는 것이 정치의 첫번째 법칙이라는 것이다. 그러므로 톰은 나라에서 하늘의 축복에 세금을 물리지 않은 것은 전혀 의도한 바가 아니기 때문에, 이 사실을 사람들이 알아차리고 놀림감이 되기 전에 어떻게든 고쳐놓으려고 애를 쓸 것이 틀림없다고 계속 주장했다.

하지만 나는 더 이상 그런 문제에 대해서는 아무런 흥미가 없었다. 어쨌든 우리는 모래를 가지고 갈 수가 없는 것이다. 그 때문에 나는 몹시 풀이 죽었다. 짐도 마찬가지였다. 톰은 우리의 기운을 북돋워 주려고 애를 썼다. 그리고 우리를 위해서 또 다른 멋진 구경거리를 준비하겠다고 말했다. 하지만 그런 말도 별로 도움이 되지 않았다. 우리는 이것보다 더 멋진 일이 있으리라고는 믿을 수가 없었던 것이다.

정말 이건 너무 끔찍한 일이었다. 불과 몇 분 전만 하더라도 우리는 한 나라를 몽땅 사서 왕국을 건설할 수 있을 정도로 엄청난 부자였다. 그리고 널리 이름을 날리며 행복하게 살 수 있었다. 그런데 이제 우리는 다시 너무나 가난하고 평범한 신세가 되어버린 것이다. 우리 손에 남은 것이라고는 모래뿐이었다.

방금 전까지 이 모래는 황금과 다이아몬드처럼 아름답고 귀중하게만 보였다. 그리고 비단처럼 부드럽고 황홀하게 느껴졌다. 하지만 이제 나는 더 이상 모래 따위는 보고 싶지도 않았다. 가만히 보고만 있어도 속이 뒤집어질 것 같았다. 이 모래를 몽땅 버리기 전까지는 절대로 내 마음이 편해지지 않을 것 같았다. 한때 우리가 어떤 신분까지 올라갔으며, 또다시 어떤 지경으로까지 추락했는가를 끊임없이 상기시켜 주는 이 모래를 계속 지니고 싶지 않았다.

다른 사람들도 나와 똑같은 기분을 느끼고 있었다. 나는 그것을 확실히 알 수 있었다. 왜냐하면 내가 모래를 밖으로 내던지자고 말하자, 모두들 신이 나서 부산을 떨었기 때문이다.

그렇게 해서, 여러분도 아시다시피, 일이 시작되었다. 상당히 힘들고 고된 일이었다. 톰은 각자의 능력에 따라 공평하게 일을 배분했다. 톰은 나와 그가 사분의 일을 치우겠다고 말했다. 그리고 짐에게는 사 분의 삼을 치우라고 했다. 하지만 짐은 그런 식의 배분이 상당히 못마땅했다. 짐은 투덜거렸다.

"물론 제가 힘이 센 것은 사실이지요. 그러니 저도 기꺼이 제몫의 일을 할 거구만요. 하지만 톰 도련님, 이 늙은 짐에게 좀더 친절을 베푸시면 안되나요? 예?"

"글쎄, 짐. 나는 그렇게 생각하지 않아. 하지만 그럼 어디 네가 직접 일을 다시 나누어 봐. 한번 보자구."

짐은 만약 톰과 내가 십 분의 일을 한다면 더 나무랄 데 없이 공평한 처사가 될 것이라고 말했다. 이 말을 들은 톰은 잠시 등을 돌리고 얼굴을 가렸다. 그리고 사하라 사막 전체를 다 뒤덮고도 우리가 떠나온 대서양 끝까지 닿고, 그리고도 남을 만큼 입이 찢어져라 커다란 미소를 지었다. 다시 몸을 돌린 톰은 엄숙한 목소리로, 아주 훌륭한 일의 분배라고 말하고 짐이 괜찮다면 우리도 만족한다고 선언했다. 짐은 자기도 좋다고 말했다.

그리하여 톰은 기구에 쌓인 모래를 십 분의 일로 나누었고 톰과 나는 각각 하나씩 맡았다. 그리고 나머지는 짐에게 맡겼다. 우리 몫의 모래와 자기 몫의 모래가 얼마나 엄청난 차이가 나고 또 그 양이 기절할 만큼 많다는 사실을 깨달은 짐은 깜짝 놀랐다. 그리고 이제라도 다시 처음에 말했던 대로 일을 분배하자고 말할 수 있는 시간이 있다는 사실이 얼마나 기쁜지 모르겠다고 더듬거리며 말했다. 왜냐하면 그가 보기에, 자기가 그 계약을 성사시켜서 얻었던 기쁨보다도 자기 앞에 쌓여 있는 모래가 훨씬 더 많기 때문이라는 것이었다.

마침내 우리는 일을 시작했다. 그것은 무척 힘들고 고된 일이었다. 날씨가 너무 더웠기 때문에 우리는 좀더 시원한 공기를 찾아서 위로 올라가지 않을 수가 없었다. 그러지 않으면 도저히 견딜 수가 없었기 때문이다. 나와 톰은, 한 사람이 쉬면 그 동안 다른 사람이 일을 하는 식으로 번갈아가며 일을 했다. 하지만 가엾은 늙은 짐에게는 잠시라도 교대할 사람이 없었다. 짐은 아프리카 땅 전부를 적시고도 남을 만큼 땀을 뻘뻘 흘렸다.

우리는 자꾸만 웃음이 터져나와서 일을 잘 할 수가 없었다. 짐은 짐대로 우리가 무엇 때문에 그렇게 낄낄거리는지 알아내고 싶어서 안달이 났다.

그래서 우리는 우리가 웃는 이유에 대해 뭔가 그럴 듯한 이유를 계속 꾸며대야만 했다. 그 이유가 제법 그럴 듯했기 때문에 짐은 아무런 눈치도 채지 못했다.

마침내 우리는 도저히 참지 못하고 거의 죽을 것만 같은 지경에까지 이르렀다. 하지만 그것은 일 때문이 아니라, 자꾸만 웃음이 터져나왔기 때문이었다.

잠시 후에는 짐도 거의 죽을 것만 같았다. 하지만 짐은 일을 너무 많이 했기 때문이었다. 우리는 짐을 잠시 쉬게 하고 교대를 해주었다.

짐은 진심으로 고마워서 어쩔 줄 몰랐다. 그리고 기구 가장자리에 걸터앉아 연신 흘러내리는 땀을 닦았다. 가슴이 벌렁벌렁할 정도로 숨을 헐떡이던 짐은 우리 두 사람이 가엾은 늙은 검둥이에게 얼마나 친절하게 대해주는지 모르겠다면서 평생 잊지 않겠다고 말했다.

짐은 내가 지금까지 보아온 검둥이들 중에서 고마운 마음을 가장 오래 간직하는 검둥이였다. 아무리 작은 도움이라도 한 번 받은 것은 결코 잊지 않았다. 짐은 피부만 검둥이였을 뿐, 마음 속은 당신만큼이나 하얗고 깨끗했던 것이다.

제 12 장
피라미드와 스핑크스

일이 끝난 다음에 우리는 간단한 식사를 했다. 그것은 온통 모래투성이였다. 하지만 배가 고플 때에는 그런 것은 별로 문제가 되지 않는 법이다. 어쨌든 마음껏 먹지 못했을 때에는 고기 속에 약간의 모래가 씹힌다고 해서 특별한 결점이 되지는 않기 때문이다. 적어도 내가 아는 한에서는 그렇다.

식사를 마친 우리는 마침내 사막의 동쪽 끝에 도착했다. 그리고 북동쪽으로 방향을 잡았다. 저 멀리 부드러운 분홍빛으로 물드는 사막의 가장자리에서 우리는 텐트처럼 뾰족하게 생긴 커다란 지붕을 보았다. 톰이 말했다.

"저건 이집트의 피라미드야."

이 말을 듣는 순간, 내 가슴은 마구 뛰기 시작했다. 나는 피라미드에 관한 수많은 그림들을 여러 번 보았다. 그리고 그에 대한 이야기도 수백 번이나 들었다. 하지만 느닷없이 피라미드가 내 눈앞에 나타나고, 상상이 아니라 진짜 피라미드라는 것을 알게 되었을 때, 나는 거의 숨이 막힐 정도가 되었다. 어떤 물건이나 사람이 너무나 크고 위대하고 대단하다는 말을 들으면 들을수록, 더욱 환상적으로 느껴지는 것은 정말 신기한 일이다. 마치 단단한 실체라고는 하나도 없이 달빛으로 만들어진 희미하고 몽롱한 물체처럼 여겨지는 것이다. 가령 조지 워싱턴 같은 인물이 그랬다. 그리고 피라미드도 마찬가지였다.

게다가 사람들이 피라미드에 대해 이야기할 때면 나에게는 그것이 모두 다 새빨간 거짓말처럼 들렸다. 언젠가 주일 학교에 한 친구가 찾아왔었다. 그리고 피라미드에 대한 사진을 보여주면서 일장 연설을 늘어놓았다. 피라미드 중에서 가장 큰 것은 밑면적이 13에이커에 달하고 높이가 5백 피트나 된다는 것이다. 가파른 산처럼 생긴 이 피라미드는 거대하고 네모난 돌덩어리를 계단처럼 완벽하게 규칙적으로 쌓아서 만들었다고 했다.

피라미드 한 개가 13에이커라니, 그것은 거의 보통 농장만 한 넓이였다. 만약 그곳이 주일 학교만 아니었더라면, 나는 거짓말 하지 말라고 소리쳤을 것이다. 어쨌든 내 얼굴에는 그런 기색이 역력하게 드러나 있었다. 게다가 그 친구 말이 피라미드 안에는 구멍이 나 있는데, 촛불을 들고 그 안으로 들어갈 수가 있다는 것이었다. 그것은 길고 비스듬하게 경사가 진 터널로 피라미드의 내부에 있는 커다란 방으로 이어진다고 했다. 그리고 그 방에서 무려 사천 년 동안이나 잠들어 있는 왕의 거대한 관을 발견할 수 있다는 것이다.

나는 속으로 만약 그 말이 거짓말이 아니고 그 왕을 내 앞에 가져오기만 한다면, 내 손에 장을 지지겠다고 중얼거렸다. 왜냐하면 심지어 예루살렘 전쟁도 그보다는 더 오래 되지 않았기 때문이다.

우리가 피라미드에 가까이 다가가면 갈수록, 우리는 그 황금빛 사막이 마치 담요처럼 긴 직선을 그리며 끝이 나는 것을 볼 수 있었다. 그리고 그 바로 옆으로 초록색으로 환하게 빛나는 드넓은 대지가 펼쳐져 있었다. 그 위에는 구불구불한 강물이 한 줄기 흘러가고 있었다. 톰은 저것이 바로 나일강이라고 말했다.

또다시 내 가슴이 울렁거렸다. 나일강 역시 나에게는 도저히 믿기지 않았던 것들 중에 하나였기 때문이다. 이 자리에서 나는 이것 한 가지만큼은 여러분에게 확실하게 말해줄 수 있다. 만약 여러분이 바라보고 있으면 눈물이 날 만큼 이글이글 타오르는 사막 위를 수천 마일이나 떠돌고 거의 일 주일 동안이나 사막에서 지내왔다면, 초록색으로 빛나는 대지는 어디든지 마치 고향이나 천국처럼 여겨지기 마련이라는 것이다. 그래서 여러분의 눈에는 또다시 눈물이 솟아날 것이다.

나의 경우가 바로 그랬다. 짐도 마찬가지 기분이었다.

자신이 바라보고 있는 저곳이 바로 이집트 땅이라는 사실을 마침내 믿게 된 짐은 도저히 그대로 서서 이집트 안으로 들어갈 수가 없었다. 그래서 무릎을 꿇고 모자를 벗은 채, 경건한 자세로 밑을 내려다보았다. 짐의 말에 따르면, 모세와 요셉 그리고 파라오나 다른 예언자들과 같이 그토록 뛰어난 인물들이 들어갔던 땅에 이 한낱 미천하고 가난한 검둥이가 들어간다는 것은 참으로 황송한 일이기 때문이라는 것이었다. 짐은 장로교인이었기 때문에 모세에 대해 깊은 존경심을 가지고 있었다. 짐의 말에 따르면, 모세 역시 장로교인이라고 했다. 어쨌든 짐은 잔뜩 흥분해서 이렇게 말했다.

"이집트 땅에 들어왔구만요! 이집트 땅이에요. 제가 이 두 눈으로 이집트 땅을 보게 되었어요! 저기 저 강물이 피로 변했던 강물이구만요. 제가 바로 역병과 이와 개구리, 메뚜기, 우박이 내렸던 바로 그 땅을 바라보고 있구만요! 저기가 바로 하느님의 천사가 한밤중에 몰래 찾아와서 이집트 전체에서 제일 처음 태어난 것들을 모두 죽였던 곳이구만요!"

이렇게 부르짖던 짐은 급기야 땅에 쓰러져 울기 시작했다. 너무나 감격에 겨웠던 것이다. 짐과 톰 사이에는 할 이야기가 너무나 많았다. 짐은 이토록 의미 깊은 역사로 가득 찬 땅에 왔다는 사실 때문에 몹시 흥분하고 있었다. 요셉과 그의 형제들, 바구니에 담겨 떠내려가던 모세, 옥수수를 사기 위해 이집트로 찾아왔던 야곱, 자루 속에 든 은컵 등 온통 흥미로운 이야기로 가득 찬 곳이었다.

톰 또한 짐 못지않게 흥분하고 있었다. 이 땅은 톰에게도 그의 취향에 딱 들어맞는 역사로 가득 찬 곳이었기 때문이다. 노르딘이니 베드레딘이니 하는 짐의 머리카락을 쭈뼛 서게 만들 그런 끔찍한 괴물들과 『아라비안 나이트』에 나오는 온갖 인물이 등장하는 곳이었다. 비록 나는 그 인물들의 절반이, 자기가 했다고 주장하는 일의 절반도 하지 않았다고 믿지만 말이다.

하지만 우리는 곧 실망하지 않을 수 없었다. 왜냐하면 짐은

새벽 안개가 피어오르기 시작했기 때문이었다. 우리는 안개 위를 날아갈 수는 없었다. 그러다가 이집트를 그냥 지나쳐 버릴 수도 있었기 때문이었다. 그러므로 우리는 피라미드가 희미하게 점처럼 보이는 곳을 향해 곧장 기구를 움직이는 것이 가장 좋은 방법이라고 판단했다. 그리고 최대한 기구를 낮추어 땅에 바싹 붙어 가면서 자세히 주위를 살펴보기로 했다. 톰이 기구 조정을 맡았고 내가 옆에 서서 닻을 내렸다. 그리고 짐은 허리를 잔뜩 밖으로 수그린 채, 두 눈을 크게 뜨고 앞에 어떤 위험이 나타나지 않나 감시를 했다.

우리는 그렇게 빠른 속도는 아니었지만 꾸준히 앞으로 나갔다. 안개는 점점 더 짙어졌다. 안개가 너무 짙어서 짐이 연기에 휩싸인 것처럼 희미하고 뿌옇게 보일 정도였다. 주위는 무시무시할 정도로 조용했다. 우리는 불안한 마음으로 나즈막이 이야기를 주고받았다. 이따금씩 짐이 소리치곤 했다.

"기구를 좀더 위로 올려요! 톰 도련님, 더 위로 말이에요!"

그러면 기구는 1피트나 2피트 정도 위로 떠올랐다. 우리는 평평한 지붕을 씌운 진흙 오두막집 위를 살짝 미끄러져 갔다. 오두막집 안에서는 밤새 잠을 자던 사람들이 이제 막 몸을 뒤척이며 하품을 하고 기지개를 켜고 있었다. 한번은 어떤 친구가 자리에서 일어나 발뒤꿈치를 들고 기지개를 켜려고 할 때, 우리가 등뒤 창문에서 불쑥 나타나 놀란 그를 쓰러뜨린 적도 있었다.

어느덧 한 시간 정도가 흘렀지만, 여전히 주위는 쥐죽은 듯이 조용했다. 우리는 귀를 쫑긋 세우고 숨을 잔뜩 죽인 채, 뭔가 소리를 들으려고 애를 썼다. 안개가 조금씩 걷히고 있었다. 그런데 갑자기 짐이 무시무시한 비명을 질렀다.

"이런 세상에! 하느님 맙소사! 톰 도련님, 당장 기구를 돌리세요! 아라비안 나이트에 나오는 거인보다도 더 큰 거인이 저기 있구만요! 우리를 향해 오고 있어요!"

짐은 이렇게 소리치며 기구 뒤쪽으로 도망쳤다. 톰은 재빨리 기구를 후진시켰다. 기구가 천천히 제자리에 섰을 때, 우리 고향에 있는 집채만큼이나 커다란 사람의 얼굴이 기구를 위에서 내려다보고 있었다. 마치 창 밖으로 집이 보이는 것과 같았다. 나는 바닥에 털썩 주저앉아 정신을 잃고 말았다. 그리고 이제 틀림없이 죽었구나 생각했다. 당장이라도 괴물이 덤벼들 것 같았다. 간신히 정신을 차려보니, 톰은 거인의 바로 아랫 입술에 기구를 바싹 갖다댄 채, 기구가 흔들리지 않도록 정지시켜 놓았다. 그리고 잔뜩 고개를 젖히고서 그 무시무시한 얼굴을 열심히 올려다보고 있는 것이었다.

한편 짐은 두 손을 꼭 잡은 채, 무릎을 꿇고 앉아 있었다. 그리고 뭔가 애원하는 자세로 그 괴물을 우러러보고 있었다. 그의 입술이 연신 움직이고 있었지만, 아무 소리도 나지 않았다. 나는 그저 슬쩍 이 광경을 살펴보기만 하고 또다시 정신을 잃었다. 하지만 이때 톰의 목소리가 들려왔다.

"이 바보들! 이건 살아 있는 게 아니야! 스핑크스라구!"

나는 톰이 그렇게 파리처럼 작고 보잘것없는 줄은 미처 몰랐다. 그것은 그 거인의 머리가 너무나 크고 웅장했기 때문이었다. 그랬다. 그것은 더 이상 무시무시하지 않고 아주 웅장하게 보였다. 왜냐하면 아주 우아하고 품위 있는 얼굴이었기 때문이다. 약간 슬픈 빛을 띠고 있는 듯한 그 얼굴은 눈앞에 보이는 것이 아니라, 뭔가 더 커다란 다른 것을 생각하고 있는 것처럼 보였다.

그 얼굴은 붉은 색이 감도는 돌로 만들어져 있었다. 얼굴의 코와 귀는 부서지고 없었다. 그 때문에 험한 봉변을 당한 사람처럼 보였다. 그것을 보고 있자니, 왠지 미안한 마음이 들었다.

우리는 한동안 멍하니 서 있었다. 그리고 석상 주위를 여러 차례 맴돌았다. 그것은 정말 굉장한 것이었다. 호랑이의 몸을 가진 남자 혹은 여자의 얼굴이었는데, 몸 길이가 125피트나 되었다. 그리고 앞발 사이에는 아담하고 자그마한 사원이 세워져 있었다.

　머리 이외에 다른 부분은 모두 모래에 파묻혀 있었던 것 같았다. 수백 년 아니, 어쩌면 수천 년 동안이었는지도 모른다. 불과 최근에 모래 속을 파헤쳐서 그 작은 사원이 발견된 것처럼 보였다. 그만한 크기의 석상을 모래 속에 파묻으려면 아마도 증기선 한 척을 파묻을 정도의 엄청난 힘이 필요할 거라고 나는 생각했다.

　우리는 스핑크스의 머리 위에 짐을 내려놓았다. 스핑크스의 크기를 사람의 크기와 비교해 보기 위해서였다. 하지만 이곳이 외국땅이었으므로 그를 보호하기 위해 미국 깃발을 하나 들려주었다. 그런 다음 우리는 톰이 느낌과 전망과 비율이라고 부르는 것을 얻기 위해 기구를 조금 멀리 떨어진 곳으로 움직였다. 짐은 자신이 생각해 낼 수 있는 갖가지 종류의 태도와 포즈를 취하며 최선을 다해 노력했다. 하지만 거대한 석상의 머리 위에 서서 팔다리를 움직이는 짐의 모습은 개구리가 최선을 다해 버둥거리는 것과 같았다.

　우리가 더 멀리 가면 갈수록 짐의 모습은 점점 더 작아졌다. 반면에 스핑크스의 모습은 더욱 커져서 결국에는 커다란 둥근 지붕 위에 옷핀이 하나 떨어져 있는 것처럼 보였다. 그러자 저것이 바로 정확한 비율을 보여주는 전망이라고 톰이 말했다. 톰의 말에 따르자면, 줄리어스 시저의 검둥이 노예들은 그가 얼마나 위대한 사람인지 몰랐다는 것이다. 왜냐하면 시저와 너무 가까이 있었기 때문이다.

　우리는 계속해서 더 멀리멀리 날아갔다. 이제는 더 이상 짐의 모습이 보이지 않게 되었다. 그리고 너무나 고요하고 장엄

하고 쓸쓸한 나일 계곡의 고귀하고도 경이로운 모습이 한눈에 내려다보였다. 근처에 흩어져 있는 작고 초라한 오두막집과 사소한 물건들은 깨끗이 사라지고 이제는 아무것도 보이지 않았다. 오직 황금색의 부드럽고 넓은 융단만이 끝없이 펼쳐져 있을 뿐이었다. 그것은 바로 사막의 모래였다.

마침내 기구를 정지시키기에 딱 좋은 높이까지 도달했다. 우리는 기구를 멈추고 30분 정도 정신없이 사방을 바라보며 생각에 잠겼다. 두 사람 모두 아무 말도 하지 않았다. 스핑크스도 우리와 똑같이 이 계곡을 내려다보고 있다는 사실을 기억하면, 우리의 마음은 저절로 고요해지고 엄숙해졌다. 오늘날까지 아무에게도 발견되지 않고 수천 년 동안이나 홀로 지내온 스핑크스를 보면 참으로 놀라운 생각이 들지 않을 수가 없었다.

마침내 나는 망원경을 들고 부드러운 모래 융단 위에서 바글거리고 있는 작고 검은 점들을 살펴보았다. 스핑크스 위로도 더 많은 검은 점들이 기어올라가고 있었다. 나는 하얀 연기가 두세 가닥 피어오르는 것을 발견했다. 그래서 톰에게 한번 살펴보라고 말했다. 힐끗 망원경을 들여다본 톰은 대수롭지 않다는 듯이 말했다.

"저건 벌레들이야. 아니야 —— 잠깐만, 저것들은 —— 이런, 저건 사람처럼 보이는데. 그래, 사람이다! 사람들과 말들이라구. 긴 사다리를 스핑크스의 등에 올려놓고 열심히 기어올라가고 있군. 정말 이상한 일이잖아? 이제는 스핑크스 위로 기어올라가려고 하는데. 사방에서 연기도 피어오르고 말이야. 아니, 저건 총이야! 허크, 저들은 짐을 쫓고 있는 거야!"

우리는 전속력으로 날아서 그들이 모여 있는 곳으로 향했다. 순식간에 그곳에 도착한 우리는 그들 위를 덮쳤다. 사람들은 겁에 질려 사방으로 흩어져 달아났다. 짐을 잡으려고 사다리를 기어올라 가고 있던 사람들은 비명을 지르며 사다리에서 떨어졌다.

우리는 다시 높이 솟아올라, 스핑크스의 머리 위에 납작 엎드려 있는 짐을 발견했다. 그는 숨을 헐떡거리며 완전히 녹초가 되어 있었다. 너무 오랫동안 도와달라고 고함을 지르느라 지쳐버린 탓도 있었고 겁에 질린 탓도 있었다.

짐은 오랫동안 그 위에서 포위를 당했던 것이다. 짐은 거의 일주일 동안이나 포위를 당했다고 엄살을 부렸지만, 그것은 사실이 아니었다. 다만 짐이 그렇게 느꼈을 뿐이다. 수많은 사람들이 짐을 겹겹이 에워쌌다. 그들이 그에게 마구 총을 쏘아서 그의 주위에 총알이 비처럼 쏟아졌다. 하지만 총알은 모두 빗나갔다. 짐이 좀처럼 일어날 기미를 보이지 않았고, 또한 짐이 납작 엎드려 있는 한은 아무리 총을 쏘아도 맞출 수 없다는 사실을 깨달은 그들은 사다리를 가져와 기어오르기 시작했다. 그 순간 짐은 우리가 서둘러 돌아오지 않는다면 모든 것이 끝장이라는 사실을 깨달았다.

톰은 매우 화를 내며 짐에게 왜 미국 깃발을 보여주지 않았느냐고 물었다. 저 사람들에게 미합중국의 이름으로 물러갈 것을 명령했어야만 했다는 것이었다. 짐은 그렇게 했다고 대답했다. 하지만 저들은 자기 말에 조금도 신경쓰지 않았다는 것이다. 그러자 톰은 이 일을 워싱턴에 보고해야겠다고 흥분했다.

"저들은 성조기를 모독한 것에 대해서 사과를 해야만 할 거야. 그리고 법적 배상금도 내야 할 거야. 그것도 최고로 말이야."

짐이 조심스럽게 물었다.

"그런데 법적 배상금이 뭐지요, 톰 도련님?"

"돈 말이야, 현금. 그게 바로 배상금이야."

"그럼 그 돈은 누가 가지나요? 톰 도련님?"

"물론 우리가 갖지."

"그런데 사과는 누구에게 하나요?"

"미합중국에게 사과해야지. 아니면 우리가 원하는 어떤 식으로든 받을 수가 있어. 우리가 원한다면, 직접 사과를 받을 수도 있지. 그리고 정부에서는 돈을 받고 말이야."

"그 돈이 얼마나 되는데요?"

"글쎄, 이렇게 중대한 사건의 경우에는 아마도 한 사람당 최소한 3달러 이상은 내야 할걸. 나도 그 이상은 잘 모르겠어."

"그렇다면 말이지요, 우리가 돈을 갖도록 하지요, 톰 도련님. 그 망할 놈의 사과는 말구요. 도련님의 생각도 그렇지요? 허크, 네 생각도 그렇지?"

우리는 잠깐 동안 이 문제에 대해 의논을 했다. 그리고 가장 좋은 방법은 우리가 돈을 받는 것이라는 데 모두 동의를 했다. 나에게 이것은 새로운 사업처럼 보였다. 그래서 나는 다른 나라들도 잘못을 저지를 때마다 언제나 사과를 하느냐고 톰에게 물었다. 그러자 톰은 이렇게 말했다.

"그럼. 언제나 사과를 해야 하지."

우리는 피라미드를 자세히 살펴보며 그 주위를 맴돌았다. 그리고 다시 하늘로 솟아올라 가장 높은 피라미드의 평평한 꼭대기에 살짝 내려앉았다. 나는 주일 학교에 찾아온 그 사람이 말했던 것과 모든 것이 똑같다는 사실을 발견했다. 피라미드는 네 개의 계단처럼 생겼다. 그 계단들은 제일 밑에서부터 시작되어서 비스듬하게 올라오다가 제일 꼭대기에서 한 점으로 합쳐졌다. 하지만 이 계단들은 보통 계단을 오르듯이 그런 식으로 기어오를 수는 없었다. 왜냐하면 각각의 계단들이 거의 턱에 닿을 정도로 높았기 때문에 뒤에서 누군가 밀어주어야만 올라갈 수 있었다.

다른 두 개의 피라미드도 그다지 멀지 않은 곳에 있었다. 우리가 있는 곳이 너무나 높았기 때문에, 두 피라미드 사이의 모래 위에서 부지런히 움직이고 있는 사람들의 모습이 마치 벌레가 기어가는 것처럼 보였다.

톰은 이렇게 영광스러운 자리에 서 있다는 사실이 너무나 기쁘고 놀라웠기 때문에 도저히 가만히 있을 수가 없었다. 내가 보기에는 역사의 현장에 서 있는 그의 몸이 자랑스러움과 기쁨으로 충만한 것처럼 보였다.

톰은 청동 말을 타고 왕자가 도망쳐 나온 바로 그 장소에 자신이 서 있다는 사실을 도무지 믿지 못하겠노라고 말했다. 그것은 아라비안 나이트 시대에 있었던 일이라고 했다. 누군가가 왕자에게 어깨에 말뚝이 박혀 있는 청동 말을 주었고 왕자는 그것을 타고 새처럼 날아다닐 수가 있었다고 한다. 그래서 왕자는 전세계를 날아다녔다. 어깨에 박힌 말뚝을 돌려 조정하기만 하면, 왕자는 원하는 대로 높이도 낮게도 날아갈 수 있었으며 어느 곳에든 내려앉을 수가 있었다.

톰이 이야기를 끝마치자, 한동안 어색하고 불편한 침묵이
이어졌다. 그것은 여러분도 아시겠지만, 누군가 몹시 썰렁한
이야기를 하고 났을 때, 흔히 있는 일이다. 대개 그럴 경우에
는 그 사람의 처지가 불쌍해서 어떻게든 화제를 바꾸어 그의
마음을 편하게 해주고 싶지만, 말문이 막혀서 좀처럼 화제가
떠오르지 않는 법이다. 게다가 내가 간신히 머리를 짜내서 뭔
가 새로운 화제를 꺼냈을 때에는 이미 침묵이 자리를 잡고 사
방에 퍼져서 자기 볼일을 다 끝낸 뒤이기 쉽다.

나는 몹시 민망했다. 짐도 당황해서 어쩔 줄 몰랐다. 하지
만 우리 두 사람 모두 한 마디도 하지 못했다. 톰은 한동안
나를 가만히 쳐다보았다. 그리고 마침내 질문을 던졌다.

"자, 말 좀 해봐. 너는 어떻게 생각하니?"

나는 솔직히 말했다.

"톰 소여, 너도 그 이야기를 믿는 건 아니지? 사실은 너도
믿지 않잖아."

"도대체 무슨 근거로 내가 믿지 않는다고 말하는 거지? 왜
내가 믿어서는 안되는 거야?"

"네가 믿어서는 안되는 이유가 하나 있지. 그건 절대로 일
어날 수 없는 일이야. 그게 전부라구."

"일어날 수 없는 일이라는 것이 어떻게 이유가 된다는 거
야?"

"그럼 네가 나에게 그 일이 일어날 수 있다는 증거를 대
봐."

"하늘을 나는 이 기구만 보아도, 그런 일이 일어날 수 있다

는 충분한 이유가 되지. 나는 그렇게 생각해."

"어째서 이유가 된다는 거지?"

"어째서 그러냐구? 이런 멍청이는 정말 처음 본다니까. 이 기구와 청동으로 만든 말이라는 것이 이름만 다르지 사실은 똑같은 것이잖아."

"아니지. 그건 달라. 하나는 풍선이고 다른 하나는 말이란 말이야. 그건 전혀 달라. 그렇게 말한다면 다음번에는 집과 말이 똑같다고 하겠구나."

"아휴, 세상에! 허크가 또다시 톰 도련님을 이겼구만요! 그 점에 대해서는 아무도 뭐라고 말 못하겠구만요!"

"짐, 너는 입 좀 다물고 있어. 너는 자신이 무슨 말을 하고 있는지도 모르잖아. 허크도 모르긴 마찬가지야. 여기를 보라구, 허크. 네가 충분히 이해할 수 있도록, 내가 분명하게 말해줄게. 어떤 것이 비슷한지 혹은 비슷하지 않은지를 결정하는 것은 단지 형태만이 아니야. 중요한 것은 거기에 관련된 원리라구. 그런데 두 가지 모두 그 원리가 똑같아. 이제 알겠어?"

나는 그의 말을 머리 속에서 다시 한번 생각해본 뒤에 대답했다.

"톰, 그렇게 말해도 소용없어. 원리 이야기를 한 것은 아주 훌륭했어. 하지만 그렇다고 해도 한 가지 중요한 사실을 뒤집을 수는 없어. 그리고 그 한 가지 사실은 바로 풍선이 할 수 있는 일은 말이 할 수 있는 일과 전혀 종류가 다르다는 것이지."

"이런 바보! 허크, 너는 전혀 내 말을 이해하지 못하고 있구나. 잠깐 여기 좀 봐. 이것은 정말 너무나 간단한 거야. 우리가 지금 허공을 날아다니고 있지?"

"그렇지."

"좋아. 그렇다면 우리는 원하는 대로 높이 날 수도 있고 낮게 날 수도 있지?"

"그렇지."

"우리는 원하는 방향으로 어디든지 이 기구를 조정하고 있잖아?"

"그래."

"또한 원하는 곳이면 어디든지 착륙할 수도 있지?"

"그래."

"우리가 이 풍선을 어떻게 움직이고 조정할 수 있지?"

"단추를 눌러서 하지."

"이제 마침내 네가 모든 걸 분명히 알 수 있을 거라고 생각해. 청동 말의 경우에는 단추 대신에 말뚝을 돌림으로써 말을 움직이고 조종했던 거야. 우리는 단추를 누르고 왕자는 말뚝을 돌린 거지. 거기에는 단 한치의 차이점도 없어. 내가 이만큼 길게 설명을 했으니까 이제 너도 이해가 되었을 거라고 생각해."

톰은 너무 기쁜 나머지 휘파람까지 불기 시작했다. 하지만 나와 짐은 아무 말도 하지 않았다. 마침내 톰은 갑자기 휘파람을 멈추고 버럭 소리를 질렀다.

"이봐, 허클베리 핀! 너 아직도 이해하지 못한 거니?"

나는 천천히 대답했다.

"톰 소여, 너에게 질문을 몇 가지 하고 싶어."

"좋아, 해봐."

그가 대답했다. 나는 짐이 흥미진진하게 귀를 기울이는 것을 보았다.

"내가 이해한 바에 따르면, 이 모든 일은 단추와 말뚝에 있는 것 같아. 나머지는 전혀 중요한 문제가 아니고 말이야. 그런데 단추와 말뚝은 서로 형태가 완전히 다르지. 하지만 그런 것은 전혀 상관이 없단 말이야?"

"그래, 전혀 상관이 없어. 그것들이 모두 똑같은 힘을 낼 수만 있다면 말이야."

"좋아. 그렇다면 초와 성냥 속에 있는 힘은 뭘까?"

"불이지."

"그렇다면 초와 성냥은 똑같겠네?"

"그렇지. 그 점에서는 두 개가 똑같아."

"좋아. 그렇다면 만약에 내가 성냥을 가지고 어떤 목공소에 불을 지른다고 해보자. 목공소는 어떻게 될까?"

"물론 몽땅 불타버리겠지."

"만약 초를 가지고 이 피라미드에 불을 지른다면 어떻게 될까? 이것도 불에 타버릴까?"

"물론 그렇지 않지."

"좋아. 이제 양쪽의 경우에 불은 똑같았어. 그런데 왜 목공소는 불에 타고 피라미드는 타지 않는 거지?"

"왜냐하면 피라미드는 불에 타지 않는 것이니까."

"아하! 그렇다면 말도 하늘을 날아갈 수 없겠군!"

"이런 세상에나! 우리 허크가 또다시 도련님을 이겼구만요! 허크가 이번에도 도련님을 보기 좋게 이겼구만요! 제가 뭐라

그랬어요! 세상에서 제일로 똑똑한 사람도 덫에 걸릴 때가……. 하! 하!"

짐은 너무 신나게 웃느라 거의 숨이 넘어갈 지경이었다. 그래서 더 이상 말도 제대로 할 수가 없었다. 톰은 내가 자신을 보기 좋게 넘어뜨렸다는 사실을 깨닫고 미친듯이 화를 냈다. 그것도 자신이 내세우던 논리에 의해 거꾸로 자기 자신이 완전히 박살이 나 버린 것이다. 결국 톰이 가까스로 한 마디 내세운 변명이라고는, 나와 짐이 뭔가를 주장하는 말을 들을 때마다 인류에 대해 무한한 수치심을 느끼게 된다는 말이 고작이었다.

나는 아무런 대꾸도 하지 않았다. 그래도 충분히 만족스런 기분이었다. 이런 식으로 누군가를 이겼을 때, 나는 흔히 다른 사람들이 하듯이 그 승리에 대해 자랑스럽게 떠들고 돌아다니지 않는다. 만약 내가 톰의 입장이라면, 나에 대해 떠들고 다니지 않기를 원할 테니까 말이다. 승리자는 좀더 너그럽게 행동해야 한다는 게 바로 나의 생각이다.

제 13 장
그리운 집으로

잠시 후에 우리는 짐을 기구 안에 남겨두고 내려왔다. 짐은 피라미드 근처의 하늘 위로 날아올라갔다. 우리는 피라미드 안으로 들어가는 구멍 속으로 기어 내려갔다. 아랍인 몇 사람이 양초를 들고 함께 동행했다. 피라미드의 한 가운데까지 내려가자, 커다란 방이 나왔다. 방 안에는 거대한 돌 궤짝이 하나 있었는데, 그것은 주일 학교에서 만난 그 사람이 말했던 것과 마찬가지로 이집트인들이 돌아가신 왕을 모셔 두기 위해 사용했던 것이었다. 하지만 지금은 아무것도 없이 텅 비어 있었다. 누군가가 왕의 미라를 가져가 버린 것이다.

　사실 나는 왕의 무덤 따위에는 아무런 관심이 없었다. 왜냐하면 그런 곳에는 으레 귀신이 나오기 때문이다. 비록 방금 죽은 사람은 아니라고 해도, 나는 그곳이 싫었다.

　그래서 우리는 서둘러 피라미드 안에서 나왔다. 그리고 작은 당나귀를 타고 얼마 동안 여행을 했다. 그 다음에는 배를 타고 강을 따라 내려가다가 다시 당나귀로 갈아탔다. 잠시 후에 우리는 카이로에 도착했다. 도시 전체에는 온 사방으로 넓은 길이 나 있었다. 나는 그처럼 반듯하고 아름다운 길은 한 번도 본 적이 없었다. 길 양편에는 키가 큰 야자나무가 줄지어 서 있었고 어디를 가거나 벌거벗은 아이들이 즐겁게 뛰어놀고 있었다. 구릿빛으로 붉게 그을린 사람들은 모두 날씬하고 강인한 체격을 가지고 있었으며 얼굴이 잘 생겼다.

도시는 어디를 보나 무척 흥미로웠다. 거의 오솔길과 다름없는, 아주 좁은 골목길 안에도 터번을 두른 남자들과 베일을 쓴 여자들이 바글거리고 있었다. 그리고 누구나 알록달록한 색깔의 번쩍번쩍 빛이 나는 옷감을 걸치고 있었다. 어떻게 이렇게 비좁은 골목길 안에서 이 많은 낙타와 사람들이 서로 부딪치지 않고 다닐 수가 있는지 신기할 정도였다. 하지만 사람들은 아무렇지도 않게 오고갔다. 모든 사람들이 사방에서 시끄럽게 떠들어대고 그야말로 엄청난 북새통을 이루었다.

가게들은 별로 크지 않아서 한번 둘러볼 것도 없었다. 사실 안으로 들어갈 수도 없었다. 가게 주인들은 다리를 꼬고 계산대 앞에 앉아서 뱀처럼 긴 담뱃대로 담배를 피우고 있었다. 물건은 모두 앉은 채로 손이 닿을 수 있는 곳에 놓여 있었다. 주인은 태평하기만 했다. 낙타가 지나갈 때마다, 등에 실린 짐이 그를 스치고 지나가도 전혀 아랑곳하지 않았다.

이따금씩 높은 양반들이 마차를 타고 지나갔다. 화려한 옷을 입은 남자들이 마차보다 앞서 달리면서 큰소리를 지르고 있었다. 혹시라도 길에서 비키지 않고 우물쭈물하는 사람이

있으면 긴 채찍으로 누구든 사정없이 내리쳤다.

잠시 후에 술탄(역주 : 이슬람교를 믿는 나라의 군주)이 말을 타고 나타났다. 그 뒤에는 기나긴 행렬이 이어지고 있었다. 술탄이 입고 있는 옷은 너무나 화려하고 눈이 부셔서 거의 숨이 멎을 정도였다. 술탄이 지나가는 동안 내내 사람들은 일제히 땅에 배를 대고 납작 엎드려 있었다. 나는 절하는 것을 깜박 잊고 멍하니 서 있었다. 하지만 어떤 사람이 나를 일깨워주었다. 그 사람은 바로 채찍을 들고 행렬 앞을 달려가던 사람들 중에 하나였다.

이곳에도 교회는 있었다. 하지만 그들은 주일을 꼬박꼬박 지킬 만큼 성경을 잘 알지 못했다. 이들은 금요일을 지키고 안식일은 지키지 않았다. 교회 안으로 들어갈 때에는 반드시 신발을 벗어야만 했다. 교회 안에는 수많은 남자들과 소년들이 있었다. 그들은 돌로 된 마루 위에 무리를 지어 앉아 있었다. 누구 한 사람도 소리를 내지 않고 모두들 진심으로 설교를 듣고 있었다.

톰의 말에 따르면 그것은 코란에 나오는 말씀이라고 했다. 이곳 사람들은 그것이 성경이라고 생각한다는 것이었다. 그렇지 않다는 사실을 알고 있는 사람들도 그 사실을 누설하지 않는 편이 더 낫다는 것을 잘 알고 있다고 했다.

내 평생 이렇게 거대한 교회를 보기는 처음이었다. 게다가 깜짝 놀랄 만큼 아주 높았다. 그것을 올려다보기만 해도 현기증이 날 정도였다. 우리 고향에 있는 마을의 교회 따위는 비교도 할 수가 없었다. 만약 우리 교회를 이 교회 안에 가져다놓는다면, 사람들은 아마 우리 교회를 휴지통 정도로 생각할 것이다.

내가 정말 보고 싶었던 것은 회교도들이었다. 왜냐하면 낙타 몰이꾼을 멋지게 속인 회교도 이야기 때문에 회교도에 대해 깊은 관심을 가지게 되었기 때문이다. 우리는 교회 안에서 회교도인들을 많이 만날 수가 있었다. 그들은 스스로를 회전하는 회교도라고 불렀다. 그리고 정말로 빙빙 돌았다. 나는 그렇게 신기한 것은 생전 처음 보았다.

그들은 커다란 사탕수수 잎으로 만든 모자를 쓰고 있었고 면으로 만든 속옷을 입고 있었는데, 마치 탑 주위를 빙빙 돌듯이 몸을 돌리고 돌리고 또 돌렸다. 그러자 겹겹이 차려 입은 속옷이 꽃잎처럼 옆으로 활짝 펴졌다. 그야말로 세상에서 가장 아름다운 광경이었다. 나는 술에 취한 사람처럼 정신없이 그것을 바라보았다.

톰은 그들이 모두 모슬렘(역주 : 이슬람 교도)들이라고 말했다. 내가 모슬렘이 어떤 사람들이냐고 묻자, 톰은 장로교인이 아닌 사람들이 바로 모슬렘이라고 대답했다. 그렇다면 미주리 주에도 모슬렘이 아주 많이 살고 있었던 것이다. 비록 지금까지는 내가 그 사실을 모르고 있었지만 말이다.

우리는 카이로의 멋진 구경거리들을 절반도 제대로 보지 못했다. 왜냐하면 톰이 땀을 뻘뻘 흘리며 역사적으로 이름난 명소를 찾기 위해 애를 쓰고 있었기 때문이었다. 우리는 옛날 요셉이 흉년이 찾아오기 전에 곡식을 저장해 두었던 낡은 창고 하나를 찾기 위해 아주 길고 지루한 시간을 보내야만 했다. 마침내 창고를 찾았을 때에는, 별로 볼 만한 것도 없었다. 그저 낡고 다 쓰러져가는 헛간이 서 있을 뿐이었다. 하지만 톰은 몹시 흡족해하면서, 내가 내 발에 박힌 못을 빼낼 때 피우는 소란보다 더 요란법석을 떨며 흥분했다.

　내가 보기에는 그와 비슷한 장소가 너무나 많았는데도 톰이 어떻게 그곳을 찾아냈는지 모르겠다. 이 헛간에 도착하기 전까지 우리는 무려 마흔 개의 비슷비슷한 헛간을 지나쳐야만 했다. 내 눈에는 그 중의 어느 하나도 특별하게 보이지 않았다. 하지만 톰은 진짜 헛간 이외에는 다른 어떤 것도 마음에 들어하지 않았다. 나는 톰 소여처럼 유별나고 특이한 사람은 한번도 본 적이 없다.

　진짜 헛간을 보자마자 톰 소여는 첫눈에 그것을 알아보았다. 마치 내가 내 셔츠와 다른 셔츠를 구별하는 것처럼 아주 쉬운 일이었다. 하지만 어떻게 그렇게 할 수 있는지는 톰 자신도 설명할 수 없었다. 어떻게 기구가 하늘을 나는지에 대해서 잘 모르는 것처럼, 이 일에 대해서도 잘 모르겠다고 톰은 털어놓았다.

　그 다음에는 또다시 오랫동안 한 집을 찾아다녔다. 그곳은 오래된 올리브와 새 올리브를 구별하는 법을 이슬람의 한 법관에게 가르쳐준 소년이 살았던 집이었다. 톰의 말에 따르면 그 이야기가 『아라비안 나이트』에 나온다고 했다. 톰은 틈이 날 때마다 나와 짐에게 아라비안 나이트 이야기를 들려주곤 했다.

　어쨌든 우리는 그 집을 찾아 헤매고 또 헤맸다. 마침내 나는 완전히 지쳐버리고 말았다. 이제는 톰이 그 일을 그만 포기해버리기를 바라는 마음뿐이었다. 차라리 내일이 되기를 기다렸다가, 그 마을에 대해서 잘 알고 있을 뿐만 아니라 미주리주 말을 할 줄 아는 사람을 만나서, 그 장소로 곧장 찾아가는 편이 더 나을 것 같았다. 하지만 그것은 안될 말이었다. 톰은 반드시 혼자 힘으로 그곳을 찾아내고 싶어했다. 그밖에 다른 말은 톰의 귀에 들리지도 않았다.

결국 우리는 계속해서 걸어갔다. 바로 그때 내가 지금까지 보아온 것 중에 가장 놀랄 만한 일이 벌어졌다. 그 집은 이미 수백 년 전에 사라지고 없었다. 마지막 한 조각까지 모두 사라지고 진흙 벽돌 하나만 달랑 남아 있었다. 그러므로 이 세상 어느 누구도 미주리주의 시골 마을에 사는 한 소년이 지금까지 한번도 와보지 못한 이 마을에 와서 그 장소를 찾아 헤매다가 그 벽돌을 발견해낼 수 있으리라고는 도저히 믿지 못할 것이다. 하지만 톰 소여는 바로 그 일을 해냈다.

나는 톰이 그 일을 해냈다는 것을 분명히 알고 있다. 내 눈으로 직접 보았기 때문이다. 그 순간에 나는 바로 톰의 곁에 나란히 서 있었다. 그리고 톰이 그 벽돌을 발견하고 그 벽돌이 어떤 벽돌인지 알아보는 것을 지켜보았다. 나는 속으로 혼자 중얼거렸다. 도대체 톰은 어떻게 이런 일을 하는 걸까? 해박한 지식 때문일까 아니면 본능적으로 아는 걸까?

하지만 어쨌든 분명히 일어난 사실을 그대로 여기에 적어놓았으니, 거기에 대한 설명은 사람들마다 각자 알아서 하도록 하시라. 나는 오랫동안 이 일에 대해 곰곰이 생각해보았다. 내 생각에는 톰의 해박한 지식이 많은 도움이 되기는 했지만, 역시 가장 중요한 것은 그의 본능적인 직감인 것 같다. 그렇게 생각하는 이유는 다음과 같다.

톰은 그 벽돌을 조심스럽게 호주머니 속에 집어넣었다. 나

중에 자신의 이름을 써서 박물관에 기증하겠다는 것이었다. 그가 고향에 돌아왔을 때, 나는 몰래 그 벽돌을 치우고 그것과 상당히 비슷하게 생긴 다른 벽돌을 그 자리에 가져다 놓았다. 톰은 그것을 알아채지 못했다. 하지만 분명히 그 두 개의 벽돌은 서로 차이가 있었다. 이 사실을 통해서 나는 그와 같은 결론을 내린 것이다. 즉 톰이 벽돌을 알아본 것은 지식을 통해서가 아니라 거의 본능적인 것이다.

본능이 그에게 벽돌이 놓여 있는 정확한 자리를 알려준 것이다. 그러므로 톰은 벽돌의 모양을 보고서가 아니라, 벽돌이 놓여 있는 자리를 보고 그 벽돌을 알아본 것이다. 만약 본능에 의해서가 아니라 지식에 의한 것이었다면, 톰은 다음번에 벽돌을 다시 보았을 때에도 그 모양을 보고 구별할 수 있어야만 했다. 하지만 그렇지 못했다. 결국 이러한 사실은 지식이 얼마나 훌륭한 것인가에 대해 사람들이 아무리 떠들어 댄다 하더라도, 정말로 올바른 선택을 하는 데 있어서는 본능이 50배는 더 가치가 있다는 것을 분명히 보여주고 있다. 짐도 똑같은 말을 했다.

우리가 다시 돌아오자, 짐은 기구를 아래로 내려서 우리를 태웠다. 기구 안에는 젊은 남자가 타고 있었다. 그는 장식술이 달린 붉은 두건을 쓰고 아름다운 푸른색의 실크 재킷과 헐렁한 바지를 입고 있었다. 허리에는 숄을 두르고 권총을 차고 있었다. 그는 영어를 할 수 있었으며, 자신을 안내원으로 고용해 달라고 부탁했다. 그렇게 하면 하루에 50센트만 받고 메카와 메디나 그리고 중앙 아프리카까지 우리를 데려다 주겠다는 것이었다.

우리는 그 자리에서 당장 그를 고용했다. 그리고 기구의 엔진을 가동시켜서 그곳을 떠났다. 우리가 저녁 식사를 끝마쳤을 무렵에는 이스라엘 백성들이 건너갔던 홍해 위를 날아가고 있었다. 그 옛날 이스라엘 백성들을 뒤쫓아오던 파라오가 바다에 휩쓸려 떠내려간 곳도 바로 이곳이었다.

우리는 잠시 그곳에 멈추어섰다. 그리고 한동안 바다를 내려다보았다. 짐 또한 이곳을 보고 무척 기뻐했다. 짐은 이제 그 일이 어떻게 일어난 것인지 확실히 알 수 있게 되었다고 말했다. 이스라엘 백성들이 물의 벽 사이로 걸어들어가는 모습과, 저 멀리에서 황급히 쫓아오는 이집트 병사들의 모습이 눈앞에 선하게 떠오른다는 것이었다. 이스라엘 백성들이 막 바다에서 빠져나오고 있을 때, 이집트 병사들은 바다 속으로 들어가기 시작했다. 그리고 그들이 모두 바다 한가운데로 들어갔을 때, 물의 벽이 허물어지면서 한 사람도 남김없이 물에 빠져 죽고 말았다.

우리는 다시 기구의 엔진을 가동시켜 빠르게 날아갔다. 시나이산(역주 : 이집트 시나이 반도 중남부에 위치한 산)을 넘으면서 우리는 모세가 십계명이 적힌 돌판을 깨뜨렸던 장소를 보았다. 그리고 이스라엘의 후손들이 평야에서 천막을 치고 황금 소를 경배했던 장소도 보았다. 그런 것들은 모두 너무나 흥미로운 장면들이었다. 우리의 안내자는 마치 내가 고향 마을에 대해 잘 알고 있는 것만큼이나, 이곳의 모든 장소를 잘 알고 있었다.

하지만 갑자기 사고가 일어나서 모든 계획이 잠깐 동안 취소될 수밖에 없었다. 톰이 늘 가지고 다니는 오래된 옥수수 파이프가 너무 낡고 휘어져서 더 이상 사용할 수 없게 된 것이다. 아무리 줄로 묶고 천으로 감싸주어도 서서히 갈라지더니 결국에는 완전히 부서져 버리고 말았다.

톰은 이제 어떻게 해야 할지 모르겠다고 말했다. 교수의 파이프는 아무런 해결책이 되지 못했다. 옥수수 파이프를 사용해 본 사람은 이 세상의 다른 어떤 파이프보다도 옥수수 파이프가 좋다는 사실을 알게 된다. 그러므로 더 이상 다른 파이프로 담배를 피울 수 없게 되는 것이다. 그렇다고 내 파이프를 사용하고 싶어하지는 않았다. 내가 아무리 설득해도 그의 고집을 꺾을 수가 없었다. 결국 톰의 파이프가 필요했다.

톰은 이 문제에 대해 곰곰이 생각하더니, 이집트나 아라비아 혹은 이 근처의 어떤 나라에서든지 옥수수 파이프를 하나 구할 수 있을지 한번 살펴보자고 말했다. 하지만 우리의 안내자는 안된다고 대답했다. 그래봤자 아무런 소용이 없다는 것이었다. 이들은 옥수수 파이프를 사용하지 않았다. 톰은 한동안 무척 난감해했다. 하지만 잠시 후에 손뼉을 치며 좋은 생각이 떠올랐다고 말했다. 어떻게 해야 할지 방법을 알아냈다는 것이었다.

톰은 말했다.

"사실 나에게는 옥수수 파이프가 하나 더 있어. 그것은 최상품일 뿐만 아니라 거의 새것이나 다름없지. 지금 그 파이프는 고향 우리집의 부엌 아궁이 바로 위에 있는 찬장 위에 놓여 있거든. 그러니까 짐, 너는 안내자와 함께 고향으로 가서 파이프를 가지고 와. 나와 허크는 네가 돌아올 때까지 시나이 산에서 텐트를 치고 기다릴게."

"하지만 톰 도련님, 우리는 고향 마을을 찾을 수가 없구만

요. 물론 제가 도련님의 파이프는 찾을 수가 있지요. 그 부엌을 잘 알고 있으니까 말이에요. 하지만 하느님께 맹세코 우리는 고향 마을을 찾을 수가 없구만요. 세인트 루이스나 그 근처도 갈 수가 없을 거예요. 우리는 길을 모르는구만요, 톰 도련님."

그 말은 사실이었다. 톰은 한동안 아무 말도 하지 못했다. 하지만 잠시 후에 다시 입을 열었다.

"아니야, 분명히 잘 할 수 있을 거야. 내가 방법을 설명해 줄게. 우선 나침판을 올려놓고 서쪽으로 곧장 달려가는 거야. 미국이 나타날 때까지 말이야. 그것은 하나도 어렵지 않아. 왜냐하면 대서양을 건너서 제일 첫번째로 발견하는 땅이 바로 미국일 테니까 말이야. 만약 낮에 미국을 발견하면 즉시 고향으로 떠나도록 해. 플로리다 해안의 위쪽에서부터 서쪽으로 곧장 가면 되니까. 1시간 45분 정도가 지나면 미시시피 강 입구가 나올 거야. 내가 너에게 적어준 속도대로라면 말이야. 그곳에서 너는 지구가 거의 둥글게 보일 정도로, 밥그릇을 거꾸로 엎어놓은 것처럼 말이야, 아주 하늘 높이 올라가라구. 그러면 강들이 어느 방향으로 어떻게 흘러가고 있는지가 한눈에 보일 거야. 그 중에서 미시시피강을 골라내는 건 식은 죽 먹기지. 그런 다음에 너는 그 강물을 따라 거의 북쪽 끝까지 1시간 45분 정도 날아가도록 해. 오하이오가 보일 때까지 말이야. 그때부터 너는 아주 잘 살펴보아야 할 거야. 왜냐하면 점점 고향이 가까워지니까. 왼쪽으로 아주 멀리 보면, 또 다른 강물이 흐르고 있는 것을 볼 수가 있을 거야. 그게 바로 미주리강이야. 그곳에서부터 조금 위에 세인트 루이스가 있다구. 그럼 너는 아래로 내려와서 마을들을 하나하나 살펴보면서 천천히 돌아보도록 해. 약 15분 내지 25분 정도가 지나면, 너는 우리 마을을 금방 찾을 수 있을 거야. 그래도 도저히 찾을 수 없다면 밑에 있는 사람에게 큰 소리로 물어 볼 수도 있겠지."

"톰 도련님, 그렇게 쉬운 일이라면, 우리가 잘할 수 있을 것 같구만요. 그래요. 우리가 할 수 있을 것 같아요."

안내자도 잘할 수 있다고 확신했다. 그리고 기구를 지키는 일 정도는 금방 배울 수 있다고 말했다.

"30분 정도면 짐이 안내자에게 모든 걸 다 가르쳐줄 수 있을 거야."

톰이 말했다.

"이 기구는 카누만큼이나 다루기가 쉬우니까 말이야."

톰은 지도를 꺼내어 앞으로 지나가야 할 경로를 표시했다. 그리고 계산을 해보더니 이렇게 말했다.

"곧장 서쪽으로 돌아가는 것이 제일 빠른 길이겠어. 겨우 7백 마일 정도밖에 되지 않는걸. 만약 동쪽으로 간다면, 지구를 한 바퀴 돌아야 하니까, 두 배나 더 멀어질 거야."

그런 다음 톰은 안내자에게 말했다.

"언제나 이 기계들을 잘 살펴보라고 당부하고 싶어. 속도계가 한 시간에 3백 마일을 가리키지 않거든, 그때는 즉시 좀더 위로 올라가거나 아래로 내려가도록 해. 그래서 너희들이 가려는 방향으로 불어주는 바람을 찾아내야만 해. 이 낡은 기구는 바람의 도움이 없으면 한 시간에 백 마일밖에 갈 수가 없어. 바람이 필요할 때면 언제든지 시속 2백 마일의 돌풍을 찾을 수 있을 거야."

"바람을 찾아내겠습니다."

"어떻게 하는지 두고 보겠어. 어떤 때에는 몇 마일씩 위로 올라가야 할 때도 있어. 그렇게 되면 굉장히 추울 거야. 하지만 대부분의 경우에는 충분히 낮은 높이에서도 바람을 찾을 수 있을 거야. 만약 우연히 태풍이라도 만난다면, 그거야말로 특급 열차표를 얻은 것이나 다름없지. 교수의 책을 보면, 이 위도에서 부는 태풍은 언제나 서쪽을 향해 가거든. 그리고 태풍도 항상 낮은 곳에서 분다는 사실을 기억하라구."

그런 다음 톰은 시간을 계산했다.

"7백 마일이라. 한 시간에 3백 마일씩 날아간다면, 하루 24시간 만에 여행을 끝낼 수 있겠군. 오늘이 목요일이니까 토요일 오후까지는 여기에 돌아올 수 있을 거야. 자, 나와 허크가 쓸 담요 몇 장과 음식, 책 그리고 몇 가지 물건들을 꺼내주고 너희들은 당장 떠나. 여기서 빈둥거리고 있을 시간이 없으니까 말이야. 나는 한시라도 빨리 담배가 피고 싶다구. 네가 파이프를 빨리 가져올수록 나는 좋아."

모두들 일제히 물건을 날랐다. 그러자 불과 8분 만에 우리에게 필요한 물건이 다 내려졌다. 그리고 기구는 미국을 향해 떠날 준비가 되었다. 우리는 손을 흔들며 작별 인사를 했다. 톰은 그들에게 마지막 당부를 했다.

"지금이 시나이산 시간으로 오후 2시 10분이야. 24시간 후에 너희들은 고향에 도착할 거야. 그때쯤이면 그곳 시간으로 내일 아침 6시가 되겠지. 마을이 눈에 보이면, 너는 곧바로 언덕 꼭대기 뒤편 숲속에 이 기구를 잘 감추어 놓도록 해. 그런 다음에 짐, 네가 쏜살같이 마을로 달려가서 우체국에 이 편지들을 전하도록 해. 혹시 누군가 다가오는 것을 보면, 모자를 꾹 눌러쓰고 상대방이 네 얼굴을 알아보지 못하도록 하라구. 그런 다음에 집으로 가서 뒷문을 통해 살짝 부엌으로 들어가는 거야. 파이프를 몰래 꺼낸 다음에는 부엌 테이블 위에 이 쪽지를 올려놓도록 해. 그리고 쪽지가 바람에 날아가지 않도록 뭔가를 올려놓고서 살며시 다시 빠져나오는 거야. 특히 폴리 이모가 네 모습을 보지 않도록 조심해. 다른 사람도 물론이고 말이야. 기구에 다시 올라탄 다음에는 시속 3백 마일의 속도로 시나이산까지 돌아오도록 해. 한 시간 이상 지체하면 안돼. 너는 아마 그곳 시간으로 아침 7시나 8시쯤에 출발하게 될 거야. 그리고 24시간 후에는 다시 이곳에 도착할 테니까 시나이산 시간으로 오후 2시나 3시쯤이 되겠지."

톰은 쪽지에 적힌 글을 우리에게 읽어주었다. 톰이 쓴 내용은 다음과 같았다.

"목요일 오후. 기구 모험가 톰 소여가 노아의 방주가 있었던 시나이산*에서 폴리 이모에게 사랑하는 마음을 전합니다. 허클베리 핀도 여기 있습니다. 이 편지는 내일 아침 여섯시 반에 도착할 것입니다."

기구 모험가 톰 소여

---

* 시나이산에 노아의 방주가 있었다는 말은 아마도 허크의 실수일 것이다. 톰이 이런 실수를 할 리가 없다. —— 마크 트웨인

"이 편지를 보면 너무 놀라서 이모는 눈알이 튀어나오실 거야. 그리고 눈물을 흘리시겠지."

톰은 말했다.

"자, 준비해! 하나, 둘, 셋 —— 어서 떠나라구!"

기구는 멀리 떠나갔다! 정말 순식간에 눈앞에서 사라져 버리고 말았다. 우리는 아주 지내기에 편안한 동굴을 발견하고 그곳에 텐트를 쳤다. 그리고 드넓은 평야를 내려다보면서 파이프가 도착하기를 기다렸다.

* * *

기구는 무사히 돌아왔다. 파이프도 물론 가지고 왔다. 하지만 고향집에서 짐이 막 떠나려고 할 때, 폴리 이모가 그를 발견하고 말았다. 그리고 무슨 일이 일어났을지는 누구나 짐작할 수 있을 것이다. 폴리 이모는 톰을 찾아오라고 했다. 짐은 이렇게 말했다.

"톰 도련님, 아주머니는 현관까지 나오셔서 눈물을 흘리시며 하늘을 쳐다보셨구만요. 그리고 도련님을 다시 품에 안을 때까지 그곳에서 꼼짝도 하시지 않겠다고 하셨구만요. 톰 도련님, 정말 큰일이 날 거구만요. 정말이에요."

결국 우리는 집으로 돌아갈 수밖에 없었다. 하지만 조금도 즐거운 기분은 들지 않았다.

〈끝〉

자유를 향해 떠나는 여행

최 인 자(문학평론가)

19세기의 세계적인 작가이며, 미국의 대표적인 소설가인 마크 트웨인(1835~1910)은 미시시피강 유역의 시골 마을인 한니발에서 태어났다. 미시시피강을 따라 배를 운행하는 수로 안내인으로 일하기도 한 마크 트웨인은 미시시피강 유역의 자연과 사람들에 대해 깊은 애정을 가지고 있었다. 심지어 그의 필명인 마크 트웨인(그의 진짜 이름은 사무엘 랭혼 클레먼스이다)은 미시시피강의 깊이를 재는 단위로서, 이 수심을 경계로 배가 강 바닥에 닿지 않고 지나갈 수 있다고 한다.

마크 트웨인은 미시시피강을 배경으로 여러 권의 책을 집필하였는데 그 중에서도 『톰 소여의 모험』과 『허클베리 핀의 모험』이 훌륭한 작품으로 손꼽힌다. 그러나 마크 트웨인은 미시시피강에 한정된 작가가 아니었다. 유럽 여러 나라를 여행하면서 많은 글을 남겼을 뿐 아니라 전세계를 무대로 한 『톰 소여의 모험』 시리즈를 써내려고 했다. 모험을 향한 그의 정열은 끝이 없었다.

마크 트웨인의 모험에 대한 정열이 그려낸 또 하나의 걸작이 『톰 소여의 아프리카 모험』(원제 : 톰 소여 해외로 가다)이다. 1984년 4월에 발간된 이 소설은 『톰 소여의 모험』을 잇는 후속편이자 완결편이다. 그러나 배경은 미국이 아니다. 이번엔 아프리카와 중동 지역이다. 우리나라에 처음 소개되는 이 소설에는 톰 소여와 허클베리 핀, 흑인 노예 짐이 열기구를 타고 아프리카로 날아가 벌이는 엄청난 모험이 담겨 있다.

이 신나는 모험 이야기를 통해 마크 트웨인의 가장 사랑받는 등장 인물들인 톰 소여와 허클베리 핀 그리고 자유의 몸이 된 짐이 다시 돌아왔다. 그들은 하늘을 나는 기구를 타고 아프리카와 중동 지역을 여행한다. 또다시 문명 세계와 폴리 이모로부터 벗어난 그들이 펼치는 드넓은 세계에 대한 생생한 탐험 이야기는 놀라울 정도로 커다란 재미를 우리에게 선사한다.

이 책에 나오는 우스꽝스러운 이야기들과 대담한 모험들 사이 사이에는 세 친구들이 나누는 말씨름 같은 대화들이 들어있다. 여기에는 십자군 전쟁을 비롯하여 종교적 관용의 문제, 인종 차별, 지도의 한계 그리고 저주의 방법에 이르기까지 온갖 다양한 주제들이 포함되어 있다. 톰과 짐은 사막에서 강도들로부터 어린 아이를 구해내며, 짐은 이집트에서 미국 깃발을 들고 스핑크스의 머리 위에 혼자 서 있기도 한다. 모험과 풍자 그리고 뛰어난 상상력은 『톰 소여의 아프리카 모험』을 마크 트웨인의 『톰 소여의 모험』『허클베리 핀의 모험』과 함께 기억할 만한 세계 명작으로 자리매김하고 있다.

독자들은 이 책의 첫장을 여는 순간부터 그 사실을 확인할 수 있다.

　여러분은 지금까지의 여러 가지 모험으로 톰 소여가 이제
는 만족했을 것이라고 생각하는가? 그러니까 내 말은 강을
따라 내려갔던 그 모험 말이다. 그 모험에서 우리는 검둥이
짐이 달아나는 것을 도와주었다. 그 와중에 톰은 심지어 다
리에 총알을 맞기도 했다. 그렇지만 톰은 절대 여기에서 만
족하지 않았다. 오히려 더욱더 모험에 열중하게 되었을 뿐
이다. 기나긴 모험 끝에 얻은 결과가 바로 그것이었던 것이
다.
　여러분도 이미 알고 있는 것처럼, 긴 여행을 마친 우리 세
사람은 의기양양하게 미시시피강을 따라 다시 고향으로 돌
아왔다. 마을 전체가 횃불 행진과 환영 연설로 우리를 반갑
게 맞이해주었다. 모든 사람들이 우리를 향해 환호성을 지
르며 열렬한 박수를 보냈다. 이 모험으로 우리는 순식간에
작은 마을의 영웅이 된 것이다. 그리고 언제나 그렇듯이 가
장 커다란 동경의 대상이 된 것은 바로 톰 소여였다.

『허클베리 핀의 모험』을 이미 읽은 독자라면 쉽게 알 수 있
겠지만, 여기에서 말하는 모험이란 허클베리 핀이 자유를 찾
아 도망친 검둥이 짐과 함께 뗏목을 타고 미시시피강을 따라
내려갔던 그 이야기를 말한다.
　이것은 『허클베리 핀의 모험』의 첫머리에서 그 책이 『톰 소
여의 모험』과 이어지는 후속편이라는 사실을 밝히고 있는 것
과 똑같다.

여러분은 내가 누군지 모른 거다. 『톰 소여의 모험』이라는 책을 미리 읽어보지 못했다면 말이다. 하지만 그렇다고 해도 아무런 상관이 없다.

『허클베리 핀의 모험』이, 『톰 소여의 모험』이 끝난 뒤 이제 부자가 되어 문명 세계로 돌아온 허클베리 핀과 톰에서부터 이야기를 시작하고 있듯이, 『톰 소여의 아프리카 모험』은 『허클베리 핀의 모험』이 끝나는 바로 그 시점에서 다시 이야기를 시작하고 있다.

미시시피강을 따라 내려갔다가 무사히 고향 마을로 돌아온 허클베리 핀과 톰 소여 그리고 짐은 한참 동안이나 영웅 대접을 받는다. 하지만 어느 정도 시간이 지나고 일상적인 생활이 되풀이되자, 이에 싫증난 톰은 허클베리 핀과 짐을 데리고 하늘로 날아오르는 기구가 출발하는 모습을 구경하러 간다. 그리고 여기에서 우연히 또 다른 모험 여행을 떠나게 된다.

자그마한 시골 마을을 무대로 이야기가 펼쳐지는 『톰 소여의 모험』과는 달리 『허클베리 핀의 모험』에서는 미시시피강을 따라 좀더 넓은 남부가 작품의 배경이 되었다. 그리고 『톰 소여의 아프리카 모험』에 이르러서는, 아예 미국 땅을 벗어나 아주 먼 이국의 땅인 아프리카와 사하라 사막까지 등장한다. 톰과 허클베리 핀 그리고 짐은 이집트의 피라미드와 스핑크스를 구경하고 캐러밴을 만나거나 사자들에게 쫓기기도 한다.

하지만 작품의 배경이 어디든지간에 세 작품 모두에서 이들 주인공들은 매번 문명과 사회적인 속박을 떠나 넓고 자유로운 야성의 세계로 향한다. 그곳에는 학교도 교회도 폴리 아주 머니도 존재하지 않는다.

『허클베리 핀의 모험』에서 이들이 육지를 떠나 미시시피강 위에 그들만의 천국을 만들었듯이, 『톰 소여의 아프리카 모험』에서는 지상을 떠나 넓은 창공 위에 그들만의 자유로운 천국을 만드는 것이다.

『톰 소여의 모험』이나 『허클베리 핀의 모험』에서와 마찬가지로 『톰 소여의 아프리카 모험』에서도 톰과 허클베리 핀 그리고 짐은 제각기 서로 다른 개성과 매력을 보여주고 있다. 그리고 이들 세 사람이 이루어내는 절묘한 조화는 읽는 사람들로 하여금 저절로 미소짓지 않을 수 없게 만든다. 이들이야말로 미국 문학 역사상 가장 사랑받는 주인공이 아닐 수 없다. 특히 『톰 소여의 아프리카 모험』은 『허클베리 핀의 모험』에서와 마찬가지로 영악하고 세상 물정 밝은 톰이 주인공이 아니라, 단순하고 솔직한 허클베리 핀의 입을 통해서 더욱더 풍자적이고 익살스러우며 깊이있는 이야기를 들려주고 있다. 전작 소설들에서 말썽꾸러기 사고뭉치로만 보여졌던 톰이 이 책에서 유식하고 지혜롭게 그려지는 이유도 허클베리의 입장에서 이 책이 서술되었기 때문이다. 또한 때때로 긴 사설을 늘어놓는 검둥이 짐은 우스꽝스러우면서도 솔직하고 꾸밈없는 시선으로 백인들의 위선과 거짓을 지적하고 있다.

『톰 소여의 아프리카 모험』이 앞선 두 작품과 눈에 띄게 다른 점이라면, 작품의 배경을 미시시피강 유역이 아닌 해외로 하고 있다는 것과 독특하게 하늘을 나는 기구를 타고 여행을 한다는 것이다.

마크 트웨인은 처음부터 『톰 소여의 모험』과 『허클베리 핀의 모험』 그리고 『톰 소여의 아프리카 모험』을 서로 이어지는 시리즈로 쓰겠다는 생각을 갖고 있었다. 그뿐만 아니라, 『톰 소여의 아프리카 모험』을 시작으로 작품의 배경을 해외로 넓힘으로써 더 많은 후속편들을 쓸 계획까지 가지고 있었다. 작가가 출판사에 보낸 편지에 보면, 아프리카뿐만 아니라 영국이나 독일까지도 배경으로 한 후속편이 계속 이어질 것이라는 언급이 나온다. 그 당시에는 이렇게 시리즈로 연재되는 소설들이 널리 유행하고 있었기 때문이다.

　물론 이런 소설들은 주로 어린 아이들을 대상으로 한 것이었다. 하지만 마크 트웨인은 자신의 소설을 읽을 독자층이 단지 어린 아이들만은 아닐 것이라고 확신하고 있었다. 그는 자신이 가지고 있는 신념에 대해 이렇게 밝혔다.

　"나는 어린 아이들을 위한 이야기를 쓰는 가장 올바른 방법은 단지 어린 아이들뿐만 아니라, 한때 어린 아이였던 어른들 모두가 흥미를 느낄 수 있도록 쓰는 것이라고 생각한다."

　또한 하늘을 나는 기구를 타고 여행하는 특이한 소재는 그 당시의 인기 작가였던 쥘 베른으로부터 많은 영향을 받은 것이라고 한다. 『해저 2만리』라든가 『달나라 여행기』, 『80일간의 세계일주』 등으로 우리에게도 무척 친숙한 프랑스의 작가 쥘 베른은 1863년에 『5주일간의 기구 여행』이라는 작품을 발표했다.

　그런데 1869년에 이 작품이 영어판으로 출간되기 직전부터, 마크 트웨인은 "기구를 타고 파리에서부터 인도, 중국, 태평양을 건너 일리노이주까지 여행하는 사람"에 대한 이야기를 이미 쓰고 있었다. 결국 트웨인은 몇 페이지 정도를 쓰고서 작품을 중단해 버렸다. 그는 습작 노트 마지막에 이렇게 썼다고 한다.

"이 글을 쓰고 있는 동안, 쥘 베른의 『5주일간의 기구 여행』이 출간되었다. 결국 이 글은 더 이상 쓸 수 없게 되었다."

그럼에도 불구하고 하늘을 나는 기구 여행이라는 아이디어를 떨쳐버릴 수 없었던 마크 트웨인은 1892년에 다시 그것을 소재로 하여 글을 쓰기 시작했다. 바로 그것이 『톰 소여의 아프리카 모험』이었다.

이 글을 쓰면서 마크 트웨인은 내용이나 줄거리 면에서 쥘 베른의 영향을 크게 받았다는 사실을 솔직하게 인정했다. 특히 오아시스를 찾아 사하라 사막 위를 날아간다거나 캐러밴이나 모래 폭풍을 만나는 등의 이야기는 대단히 흡사하다. 의식적이건 무의식적이건간에 마크 트웨인은 쥘 베른 소설의 흥미로운 요소들을 상당 부분 머리 속에 새겨 두고 있었던 것이다.

하지만 물론 재치가 넘치는 문체와 재미있는 내용들은 마크 트웨인만의 독창적인 것이다. 마크 트웨인의 다른 모든 작품들이 그러하듯이 『톰 소여의 아프리카 모험』 또한 어린 아이들의 단순한 장난처럼 보이는 사건을 통해 미국 사회가 직면하고 있는 여러 가지 다양한 문제들을 날카로운 시각으로 지적하고 있다. 그 중에는 인종 차별 문제나 기독교인들이 다른 문화에 대해 가지고 있는 편견과 독선, 소위 지식이나 과학이라고 하는 것들의 어리석음 등이 담겨져 있다. 톰과 허클베리 핀 그리고 짐이 잠시도 쉬지 않고 벌이는 토론을 통해 우리는 마크 트웨인만이 자아낼 수 있는 독특한 웃음과 풍자 그리고 시대에 대한 날카로운 비판정신을 발견할 수 있는 것이다.

그러므로 『톰 소여의 아프리카 모험』이 『톰 소여의 모험』과 『허클베리 핀의 모험』에 이어지는 후속편이라고 했지만, 그 두 권의 책을 읽어보지 않은 독자라고 하더라도 충분히 이 책을 즐길 수 있을 것이다. 물론 앞선 두 권의 책을 모두 읽은 독자라면 더더욱 이 책을 즐길 수 있으리라는 것은 두말 할 나위도 없다. 톰과 허클베리 핀 그리고 흑인 짐의 모습이 마치 우리 옆에서 살고 있는 친구처럼 너무나도 생생하게 떠오를 것이니까 말이다. 우리는 조금씩 성장해가는 세 사람의 모습을 지켜보면서 우리가 지나온 어린 시절을 되돌아보게 될 것이다.

『톰 소여의 아프리카 모험』을 집필하기 시작했을 때 마크 트웨인은 경제적으로나 정신적으로 대단히 어려움을 겪고 있었다고 한다. 마크 트웨인이 많은 돈을 투자한 페이지 타이프 기계는 실패로 끝났고, 그가 운영하는 웹스터 & 컴퍼니 출판사도 커다란 적자를 보고 있었다.

1892년 8월에 습작을 시작한 이 작품은 본격적인 집필에 들어간 지 불과 한 달 만에 완성되었다고 한다. 마치 강물이 흐르듯이, 마크 트웨인의 머리 속에서는 영감과 아이디어가 솟아났기 때문이다. 하지만 이 책이 실제로 출간되었던 1894년 4월 18일, 바로 그 날에 웹스터 & 컴퍼니 출판사는 그만 파산 선고를 하고 말았다.

결국 『톰 소여의 아프리카 모험』이 웹스터 & 컴퍼니 출판사에서 출간한 마지막 책이 되고 말았다. 그렇기 때문에 이 책은 더 이상 재판을 찍을 수 없었다. 『톰 소여의 아프리카 모험』이 그토록 오랫동안 미국 문단에서조차 완전히 잊혀져 왔던 것은 바로 그 때문이기도 하다. 어쨌거나 그 당시의 신문에도 이 책에 대한 단 한 줄의 서평조차 실리지 않았다고 한다.

한편 이 작품은 책으로 출간되기 이전에 약 6개월에 걸쳐 어린이를 위한 잡지인 《성 니콜라스》에 연재되기도 했다. 이 때 소설가이자 잡지 발행인인 도지 부인은 어린이들이 읽기에 적합하지 않다는 이유를 들어, '검둥이'라는 표현을 '흑인'이라고 고치는 등, 남부의 사투리와 흑인들의 방언을 모두 삭제하기도 했다. 하지만 오늘날에는 남부의 토속적인 어휘와 표현이 이 작품을 더욱 현실적이고 생동감 넘치게 만들어주고 있다는 평가를 받고 있다.

그러므로 역자 또한 이 작품을 우리말로 옮기면서 되도록이면 구어적인 표현을 사용하려고 노력했으며, 나름대로 작품의 맛을 살려보고자 했다.

신문 기자, 여행 작가, 출판업자와 같은 여러 가지 직업을 통해 다양한 경력을 쌓은 마크 트웨인은 이 책들 이외에도 『왕자와 거지』, 『도금시대』, 『이상한 이방인』, 『인간이란 무엇인가』 등을 비롯한 수많은 책을 썼다. 그리고 1910년 4월 21일에 75살의 나이로 생을 마쳤다.

최인자

•

강원도 원주에서 태어났으며
연세대학교 영어영문학과와 동 대학원을 졸업했다.
1992년 조선일보 신춘문예 평론부문 당선으로 등단,
현재 문학평론가로 활동하고 있다. 역서로는 『재즈』, 『로빈슨 크루소』
『오즈의 마법사』 시리즈, 『해리포터와 불의 잔』, 『천 그루의 밤나무』,
『외국인 학생』 등이 있다.

톰 소여의 아프리카 모험
마크 트웨인 장편소설

•

초판 1쇄 발행일   1998년 11월 25일
7쇄 발행일   2002년 10월 10일

•

옮긴이 · 최인자
펴낸이 · 김종해
펴낸곳 · 문학세계사

•

주소 · 서울시 마포구 신수동 345-5(121-110)
전화 · 702-1800, 702-7031~3
팩시밀리 · 702-0084
이메일 · mail@msp21.co.kr www.msp21.co.kr
www.ozclub.co.kr(오즈의 마법사)
출판등록 · 제21-108호(1979.5.16)

•

값 7,000원

ISBN 89-7075-178-5   63840
ⓒ문학세계사, 1998

오즈의 마법사 시리즈

L. 프랭크 바움 지음
W. W. 덴슬로우 / 존 R. 닐 그림
최인자 옮김 | 올컬러판 1,2권 8,200, 3번부터 7,900원

★동아일보 선물하기 좋은 책 선정
★소년조선일보 선정 좋은 책
★청소년을 위한 좋은 책 선정
　(한국간행물윤리위원회)
★중앙일보가 선정한 좋은 책
　100선 선정

"꿈과 사랑, 마법과 모험의
나라, 인터넷
〈오즈 클럽〉으로 오세요!"
www.ozclub.co.kr

톰 소여의
여행지도

1850 년